AF670958

Tucholsky Wagner Zola Scott Sydow Fonatne Freud Schlegel
Turgenev Wallace
Twain Walther von der Vogelweide Fouqué Friedrich II. von Preußen
Weber Freiligrath Frey
Fechner Fichte Weiße Rose von Fallersleben Kant Ernst Richthofen Frommel
Hölderlin
Fehrs Engels Faber Fielding Flaubert Eichendorff Tacitus Dumas
Eliasberg Ebner Eschenbach
Feuerbach Maximilian I. von Habsburg Fock Eliot Zweig
Ewald Vergil
Goethe Elisabeth von Österreich London
Mendelssohn Balzac Shakespeare Dostojewski Ganghofer
Lichtenberg Rathenau
Trackl Stevenson Tolstoi Hambruch Doyle Gjellerup
Mommsen Thoma Lenz Hanrieder Droste-Hülshoff
Dach Verne von Arnim Hägele Hauff Humboldt
Reuter Rousseau Hagen Hauptmann
Karrillon Garschin Gautier
Damaschke Defoe Hebbel Baudelaire
Descartes
Wolfram von Eschenbach Schopenhauer Hegel Kussmaul Herder
Darwin Dickens Rilke George
Bronner Melville Grimm Jerome Bebel
Campe Horváth Aristoteles Proust
Bismarck Vigny Gengenbach Barlach Voltaire Federer Herodot
Heine
Storm Casanova Lessing Tersteegen Gilm Grillparzer Georgy
Chamberlain Langbein Gryphius
Brentano Lafontaine
Strachwitz Claudius Schiller Kralik Iffland Sokrates
Katharina II. von Rußland Bellamy Schilling
Gerstäcker Raabe Gibbon Tschechow
Löns Hesse Hoffmann Gogol Wilde Gleim Vulpius
Luther Heym Hofmannsthal Klee Hölty Morgenstern
Roth Heyse Klopstock Kleist Goedicke
Luxemburg Puschkin Homer Mörike
La Roche Horaz Musil
Machiavelli Kierkegaard Kraft Kraus
Navarra Aurel Musset
Nestroy Marie de France Lamprecht Kind Kirchhoff Hugo Moltke
Nietzsche Nansen Laotse Ipsen Liebknecht
Marx Lassalle Gorki Klett Ringelnatz
von Ossietzky May Leibniz
vom Stein Lawrence Irving
Petalozzi Platon Knigge
Sachs Poe Pückler Michelangelo Kock Kafka
Liebermann Korolenko
de Sade Praetorius Mistral Zetkin

Der Verlag tredition aus Hamburg veröffentlicht in der Reihe **TREDITION CLASSICS** Werke aus mehr als zwei Jahrtausenden. Diese waren zu einem Großteil vergriffen oder nur noch antiquarisch erhältlich.

Symbolfigur für **TREDITION CLASSICS** ist Johannes Gutenberg (1400 — 1468), der Erfinder des Buchdrucks mit Metallletteren und der Druckerpresse.

Mit der Buchreihe **TREDITION CLASSICS** verfolgt tredition das Ziel, tausende Klassiker der Weltliteratur verschiedener Sprachen wieder als gedruckte Bücher aufzulegen – und das weltweit!

Die Buchreihe dient zur Bewahrung der Literatur und Förderung der Kultur. Sie trägt so dazu bei, dass viele tausend Werke nicht in Vergessenheit geraten.

Uber die Grenzen des Naturerkennens - Die sieben Welträthsel

Emil du Bois-Reymond

Impressum

Autor: Emil du Bois-Reymond
Umschlagkonzept: toepferschumann, Berlin

Verlag: tredition GmbH, Hamburg
ISBN: 978-3-8424-8865-6
Printed in Germany

Ziel der TREDITION CLASSICS ist es, tausende deutsch- und fremdsprachige Klassiker wieder in Buchform verfügbar zu machen. Die Werke wurden eingescannt und digitalisiert. Dadurch können etwaige Fehler nicht komplett ausgeschlossen werden. Unsere Kooperationspartner und wir von tredition versuchen, die Werke bestmöglich zu bearbeiten. Sollten Sie trotzdem einen Fehler finden, bitten wir diesen zu entschuldigen. Die Rechtschreibung der Originalausgabe wurde unverändert übernommen. Daher können sich hinsichtlich der Schreibweise Widersprüche zu der heutigen Rechtschreibung ergeben.

Text der Originalausgabe

Emil du Bois-Reymond

Über die Grenzen des Naturerkennens - Die sieben Welträthsel

Zwei Vorträge

Vorworte

Vorwort zur zweiten Auflage der ›zwei Vorträge‹.

Der Vortrag ›über die Grenzen des Naturerkennens‹, den ich vor neun Jahren vor den in Leipzig versammelten Deutschen Naturforschern und Aerzten hielt, erscheint hier in fünfter, vermehrter und in Einzelheiten verbesserter Auflage, gefolgt von der Rede über ›die sieben Welträthsel‹, mit der ich die Leibniz-Feier der Akademie der Wissenschaften im Juli 1880 eröffnete. Diese Rede bespricht Einwände und berichtigt Missverständnisse, welche der Leipziger Vortrag veranlasste; sie vervollständigt die Untersuchung über die der mechanischen Auffassung der Welt gezogenen Schranken, und ergänzt sich mit jenem Vortrage zum Gesammtbilde meiner Weltanschauung. Wegen des beschränkten Rahmens der Vorträge, die ich doch nicht zu einem Buch umarbeiten mochte, ist vielleicht Manches darin zu kurz gesagt. Wer es der Mühe werth hält, findet weitere Auskunft in meinen akademischen Reden verwandten Inhalts: Leibnizische Gedanken in der neueren *Naturwissenschaft; – La Mettrie;* – Darwin versus *Galiani.* In der objectiven Zergliederung der Erscheinungswelt, wie diese Untersuchungen sie sich vorsetzen, sehe ich eine nothwendige Ergänzung der Erkenntnisstheorie, und die wahre Naturphilosophie. Der Pyrrhonismus in neuem Gewande, auf den sie unausweichlich hinausführt, sagt Vielen nicht zu. Mögen sie es doch mit dem einzigen anderen Ausweg versuchen, dem des Supernaturalismus. Nur dass, wo Supernaturalismus anfängt, Wissenschaft aufhört. *Berlin,* vom physiologischen Institut der Universität,

14. August 1881.
Der Verfasser.

Vorwort zur zweiten Auflage der ›zwei Vorträge‹.

Abermals ward eine neue Auflage der ›Grenzen des Naturerkennens‹, in noch nicht zwölf Jahren die sechste, nothwendig, und die ›Sieben Welträthsel‹ erscheinen hier zum vierten Mal seit noch nicht vier Jahren im Druck. Mit solcher Theilnahme der Lesewelt an der von mir versuchten Grenzberichtigung hielt gleichen Schritt der kritische Eifer in der Presse aller Schattirungen. Zu Naturforschern und Philosophen gesellten sich sogar, um meine Aufstellungen anzugreifen, mit offenem Visir kämpfend katholische, mit geschlossenem, jedoch leicht kenntlich, protestantische Jesuiten, welche sich aber freilich mehr gegen den endlich verstandenen zweiten Abschnitt der Rede über die ›Grenzen‹ kehrten. Einen Theil der gegen mich gerichteten Geschosse waren andere Gelehrte so freundlich, an meiner Statt aufzufangen. So sprach kürzlich Hr. *Jürgen Bona Meyer* ein beschwichtigendes und klärendes Wort in dem ›Ignorabimus-Streit‹.[1] Einige hier und da eingestreute Bemerkungen abgerechnet, muss ich selber zu jener Polemik schweigen, soll nicht dies Büchlein zum Buch, und das, was doch wohl hier gesucht wird, der ursprüngliche Text meiner Vorträge, in Kritik und Antikritik verschwemmt werden. Uebrigens begnügten sich meine Tadler fort und fort mit contradictorischen Behauptungen; gegen meine grundlegende Schlussfolgerung wandte noch Niemand etwas ein. Der menschliche Geist kann es nicht weiter bringen, als bis zu einem schwachen Abbild des *Laplace*'schen Geistes. Da diesem dieselben Grenzen des Erkennens gezogen, dieselben Räthsel unlösbar bleiben würden, wie uns, so lautet unabänderlich und unerbittlich der Wahrspruch: Ignorabimus.

Berlin, vom physiologischen Institut der Universität, im März 1884.
Der Verfasser.

Vorwort zur dritten Auflage der ›zwei Vorträge‹.

Die ›Grenzen des Naturerkennens‹ und die ›Sieben Welträthsel‹ erscheinen hier abermals in einer Sonderausgabe, nachdem sie seit der letzten ähnlichen Ausgabe vom März 1884, auch noch in der Sammlung meiner ›Reden‹ abgedruckt wurden. Die ›Grenzen des Naturerkennens‹ erschienen 1872 bei Veit & Comp. in Leipzig in erster und zweiter, 1873 in dritter, 1876 in vierter Auflage, 1882 sodann in fünfter Auflage zusammen mit den ›Sieben Welträthseln‹, welche ihrerseits schon in den Monatsberichten der Berliner Akademie, 1880. S. 1045 ff. und in der Deutschen Rundschau, 1881. Bd. XXVIII, S. 352 ff. gedruckt waren. 1884 wurden die beiden Vorträge in derselben Verbindung wieder aufgelegt, 1886 erhielten sie der

[1] Zeitschrift für die gebildete Welt. Braunschweig 1884. Bd. V. S. 168 ff

Zeitfolge nach jeder seinen Platz in dem ersten Bande meiner Reden, S. 105 ff. und 381 ff. – Die gegenwärtige dritte Auflage der Vorträge enthält somit den achten Abdruck der ›Grenzen‹, den sechsten der ›Welträthsel‹.[2]

Unter den neueren Besprechungen der beiden Reden ragt ein eigens dazu bestimmtes Buch von Hrn. *Theodor Weber* in Breslau an Bedeutung wie an Umfang so hervor, dass ich seinetwegen von der Regel abweichen muss, zu der um meine Aufstellungen sich erhebenden Polemik zu schweigen. Das Buch führt den Titel: *Emil du Bois-Reymond.* Eine Kritik seiner Weltansicht (Gotha 1885. 266 S.). Hr. *Weber* hatte sich schon früher über die beiden Vorträge kritisch geäussert (*Schaarschmidt's* Philosophische Monatshefte. Bd. XIX. 1883. S. 80 ff.), und in der Auflage vom Jahre 1864, S. 59. 60, war ich ihm mit einigen Bemerkungen entgegengetreten, an welche nunmehr das mit meinem Namen überschriebene Buch anknüpft. Ich muss zunächst mich Hrn. *Weber* sehr zu Danke verpflichtet erkennen für dic freundliche Art, wie er vielfach meiner gedenkt, für die Wichtigkeit, welche er meinen Aufstellungen beilegt, und für die Sorgfalt, mit der er alle meine Schriften nach den für meine Weltansicht bezeichnenden Stellen durchsucht und diese zusammengetragen hat. Dass sich ihm dabei hier und da Ungenauigkeiten des Ausdrucks, ja sogar scheinbare Widersprüche dargeboten haben, wird man mir im Hinblick auf den mehr populären Charakter vieler dieser Schriften und den langen Zeitraum, über welchen sie sich erstrecken, hoffentlich zu gute halten wollen. Gegen das Bild, welches Hr. *Weber* von meiner Weltansicht entwirft, habe ich wenig einzuwenden, und ich lasse es ruhig über mich ergehen, dass er mit harten Worten mich unerhörter Irrthümer zeiht. Denn wie wir zu

---

[2] Eine französische Uebersetzung der ›Grenzen‹ brachte die Revue scientifique de la France et de l'Étranger. Revue des Cours scientifiques. 2e Série. t. XIV. 1874. p. 337 et suiv.; – eine englische The Popular Science Monthly. New York 1874. vol. V. p. 17 sqq.; – eine italiänische von Dr. Vincenzo Meyer das zu Neapel erscheinende Giornale internazionale delle Science Mediche, Anno I.; – eine serbische erschien 1873 zu Belgrad. – Von den ›Welträthseln‹ gab einen französischen Auszug Th. Ribot's Revue philosophique de la France et de l'Étranger. Février 1882 p. 181 et suiv.; – eine englische Uebersetzung The Popular Science Monthly. New York 1882. Vol. XX. p. 433 sqq.; eine italiänische Bearbeitung von Dr. Vincenzo Meyer das Giornale internazionale ec. Anno IV. Fasc. 11 e 12.

einander stehen, ist von Verständigung zwischen ihm und mir keine Rede. Meiner skeptischen Entsagung gegenüber, welche ich, wie er mich belehrt, fälschlich Pyrrhonismus in neuem Gewande genannt habe, vertritt er den Standpunkt eines supernaturalistischen Dualismus, der sich rückhaltlos, bis zum Dreieinigkeitsdogma, der positiven Glaubenslehre in die Arme wirft. Dass ich in die Natur als letztes, normales Glied derselben auch noch den Menschen begreife«, betrachtet er als einen der ungeheuersten Missgriffe, die jemals im Gebiete der Wissenschaft begangen worden sind«, denn der Mensch ist nicht monistisch konstituirt, wie die Thiere, sondern dualistisch, er besteht aus Geist und Natur, Seele und Leib.« (S. 201. 233.) Hr. *Weber* verlangt, dass wir die Idee der Creation in ihrem alten echt christlichen Sinne« in unseren Vorstellungskreis aufnehmen. Andererseits wähnt sich Hr. *Weber* im Besitze von Aufschlüssen über Materie und Kraft, bei denen unsereins sich freilich nichts zu denken weiss. Ich freue mich zuhören, dass er in der Verurtheilung der falschen Naturphilosophie mir zur Seite steht, muss aber doch seine Frage bejahen, ob ich noch nach seiner jetzigen Darlegung den Muth haben werde zu behaupten, dass sein Denken sich in Formen bewege ähnlich denen der grossen *Schelling*'schen Mystification. Hr. *Weber* mag mit anderen Vorstellungen andere Luftschlösser bauen, als jene falsche Naturphilosophie. Ein Satz aber wie dieser, der die Quintessenz seines Wissens birgt: »Man wird zu denken haben, dass in dem Momente, in welchem die dem Naturprinzipe in seiner ursprünglichen Daseinsweise immanenten Potenzen zu den beiden aktuellen, lebendigen Kräften der Rezeptivität und Reaktivität wachgerufen wurden, das Prinzip selbst (durch einen Diremtionsprozess) in reale Theile aus einander ging – wodurch die Entstehung der Atome aus dem ursprünglich noch nicht atomisierten, aber atomisierbaren »Naturprinzip« erklärt wird (S. 198. 200) – solch ein Satz bewegt sich, ja, ich habe nach wie vor den Muth es zu behaupten, in Denkformen ganz ähnlich denen jener beklagenswerthen Verirrung des deutschen Geistes. *Berlin*, vom physiologischen Institut der Universität, im März 1891. *Der Verfasser.* Über die Grenzen des Naturerkennens Vortrag, gehalten in der zweiten allgemeinen Sitzung der 45. Versammlung Deutscher Naturforscher und Aerzte zu Leipzig am 14. August 1872.

> In Nature's infinite book of secrecy
> A little I can read.

Antony and Cleopatra.

Über die Grenzen des Naturerkennens

Zehnter Abdruck.

Wie es einen Welteroberer der alten Zeit an einem Rasttag inmitten seiner Siegeszüge verlangen konnte, die Grenzen seiner Herrschaft genauer festgestellt zu sehen, um hier ein noch zinsfreies Volk zum Tribut heranzuziehen, dort in der Wasserwüste ein seinen Reiterschaaren unüberwindliches Hinderniss, und eine Schranke seiner Macht zu erkennen: so wird es für die Weltbesiegerin unserer Tage, die Naturwissenschaft, kein unangemessenes Beginnen sein, wenn sie bei festlicher Gelegenheit von der Arbeit ruhend die wahren Grenzen ihres Reiches einmal klar sich vorzuzeichnen versucht. Für um so gerechtfertigter halte ich dies Unternehmen, als ich glaube, dass über die Grenzen des Naturerkennens zwei Irrthümer weit verbreitet sind, und als ich für möglich halte, solcher Betrachtung, trotz ihrer scheinbaren Trivialität, auch für die, welche jene Irrthümer nicht theilen einige neue Seiten abzugewinnen.

Ich setze mir also vor, die Grenzen des Naturerkennens aufzusuchen, und beantworte zunächst die Frage, was Naturerkennen sei.

Naturerkennen - genauer gesagt naturwissenschaftliches Erkennen oder Erkennen der Körperwelt mit Hülfe und im Sinne der theoretischen Naturwissenschaft - ist. Zurückführen der Veränderungen in der Körperwelt auf Bewegungen von Atomen, die durch deren von der Zeit unabhängige Centralkräfte bewirkt werden, oder Auflösen der Naturvorgänge in Mechanik der Atome. Es ist psychologische Erfahrungstatsache, dass, wo solche Auflösung gelingt, unser Causalitätsbedürfniss vorläufig sich befriedigt fühlt. Die Sätze der Mechanik sind mathematisch darstellbar, und tragen in sich dieselbe apodiktische Gewissheit, wie die Sätze der Mathematik. Indem die Veränderungen in der Körperwelt auf eine constante Summe von Spannkräften und lebendigen Kräften, oder von potentieller und kinetischer Energie zurückgeführt werden, welche einer constanten Menge von Materie anhaftet, bleibt in diesen Veränderungen selber nichts zu erklären übrig.

Kant's Behauptung in der Vorrede zu den *Metaphysischen Anfangsgründen der Naturwissenschaft*, dass in jeder besonderen Naturlehre nur so viel *eigentliche* Wissenschaft angetroffen werden könne, als darin *Mathematik* anzutreffen sei« – ist also vielmehr noch dahin zu verschärfen, dass für Mathematik Mechanik der Atome gesetzt wird. Sichtlich dies meinte er selber, als er der Chemie den Namen einer Wissenschaft absprach, und sie unter die Experimental-Lehren verwies. Es ist nicht wenig merkwürdig, dass in unserer Zeit die Chemie, indem die Entdeckung der Substitution sie zwang, den elektrochemischen Dualismus aufzugeben, sich von dem Ziel, eine Wissenschaft in diesem Sinne zu werden, scheinbar wieder weiter entfernt hat.

[3]

Denken wir uns alle Veränderungen in der Körperwelt in Bewegungen von Atomen aufgelöst, die durch deren constante Centralkräfte bewirkt werden, so wäre das Weltall naturwissenschaftlich erkannt. Der Zustand der Welt während eines Zeitdifferentiales erschiene als unmittelbare Wirkung ihres Zustandes während des vorigen und als unmittelbare Ursache ihres Zustandes während des folgenden Zeitdifferentiales. Gesetz und Zufall wären nur noch

---

[3] Hr. Engler hat einer bei dem Directoratswechsel an der technischen Hochschule zu Karlsruhe gehaltenen Festrede über den ›Stein der Weisen‹ (Karlsruhe 1889) Bemerkungen zu Kant's Ansichten über die Chemie als Wissenschaft' angehängt, welche, an das von mir im Text Gesagte anknüpfend, wesentlich darauf hinauslaufen, dass Hr. Engler zwischen den bisherigen chemischen Theorien und den vorgeschrittensten Zweigen der mathematischen Physik keinen Unterschied erkennt. Auf Goethe, Kirchhoff und Hrn. von Helmholtz sich stützend, nimmt er einen Standpunkt ein, auf welchem es ihm allerdings schwer würde, irgendwo eine Grenze zu ziehen zwischen der erhabensten Störungsrechnung und der unschuldigsten Käferdiagnose. Das Maass der Erkenntniss, welches die eine und die andere voraussetzen, erscheint ihm als völlig gleichwerthig, weil Kirchhoff die analytische Mechanik eine Beschreibung der in der Natur vor sich gehenden Bewegungen genannt hat. Allein Hr. Engler überschätzt die Tragweite dieses, wie sich hier ergiebt, nicht ganz unbedenklichen Ausspruches, und ich erlaube mir, ihn dieserhalb auf eine frühere Auseinandersetzung von mir zu verweisen, gegen welche Kirchhoff selber nichts eingewendet hat (Goethe und kein Ende. Reden u. s. w. Erste Folge. S. 332). Es wäre bedauerlich, wenn durch ein Missverständniss ähnlich dem des Hrn. Engler die Chemie in Ungewissheit gerathen könnte über das ihr wenn auch aus weitester Ferne winkende Ziel, zur ›astronomischen Kenntniss‹ dessen durchzudringen, was bei ihren Reactionen vor sich geht.

andere Namen für mechanische Notwendigkeit. Ja es lässt eine Stufe der Naturerkenntniss sich denken, auf welcher der ganze Weltvorgang durch Eine mathematische Formel vorgestellt würde, durch Ein unermessliches System simultaner Differentialgleichungen, aus dem sich Ort, Bewegungsrichtung und Geschwindigkeit jedes Atoms im Weltall zu jeder Zeit ergäbe. »Ein Geist,« sagt Laplace, »der für einen gegebenen Augenblick alle Kräfte kennte, welche die Natur beleben, und die gegenseitige Lage der Wesen, aus denen sie besteht, wenn sonst er umfassend genug wäre, um diese Angaben der Analyse zu unterwerfen, würde in derselben Formel die Bewegungen der grössten Weltkörper und des leichtesten Atoms begreifen: nichts wäre ungewiss für ihn, und Zukunft wie Vergangenheit wäre seinem Blick gegenwärtig. Der menschliche Verstand bietet in der Vollendung, die er der Astronomie zu geben gewusst hat, ein schwaches Abbild solchen Geistes dar.«[4]

---

[4] Essai philosophique sur les Probabilités. Seconde Édition. Paris 1814. p. 2 et suiv. Die merkwürdige Stelle lautet: »Tous les événements, ceux même qui par leur petitesse semblent ne pas tenir aux grandes lois de la nature, en sont une suite aussi nécessaire que les révolutions du soleil. Dans l'ignorance des liens qui les unissent au système entier de l'univers, on les a fait dépendre des causes finales, ou du hasard, suivant qu'ils arrivaient et se succédaient avec régularité, ou sans ordre apparent; mais ces causes imaginaires ont été successivement reculées avec les bornes de nos connaissances, et disparaissent entièrement devant la saine philosophie qui ne voit en elles, que l'expression de l'ignorance où nous sommes des véritables causes.

Les événements actuels ont avec les précédens, une liaison fondée sur le principe évident, qu'une chose ne peut pas commencer d'être, sans une cause qui la produise. Cet axiome connu sous le nom de principe de la raison suffisante, s'étend aux actions même les plus indifférentes. La volonté la plus libre ne peut sans un motif déterminant, leur donner naissance; car si toutes les circonstances de deux positions étant exactement les mêmes, elle agissait dans l'une et s'abstenait d'agir dans l'autre, son choix serait un effet sans cause .... L'opinion contraire est une illusion de l'esprit qui perdant de vue, les raisons fugitives du choix de la volonté dans les choses indifferentes, se persuade qu'elle s'est déterminée d'elle même et sans motifs. Nous devons donc envisager l'état présent de l'univers, comme l'effet de son état antérieur, et comme la cause de celui qui va suivre. Une intelligence qui pour un instant donné, connaîtrait toutes les forces dont la nature est animée, et la situation respective des êtres qui la composent, si d'ailleurs elle était assez vaste pour soumettre ces données à l'analyse, embrasserait dans la même formule, les mouvemens des plus grands corps de l'univers et ceux du

In der That, wie der Astronom nur der Zeit in den Mondgleichungen einen gewissen negativen Werth zu ertheilen braucht, um zu ermitteln, ob, als *Perikles* nach Epidaurus sich einschiffte, die Sonne für den Piraeeus verfinstert ward, so könnte der von *Laplace* gedachte Geist durch geeignete Discussion seiner Weltformel uns sagen, wer die eiserne Maske war oder wie der ›President‹ zu Grunde ging. Wie der Astronom den Tag vorhersagt, an dem nach Jahren ein Komet aus den Tiefen des Weltraumes am Himmelsgewölbe wieder auftaucht, so läse jener Geist in seinen Gleichungen den Tag, da das Griechische Kreuz von der Sophienmoschee blitzen oder da England seine letzte Steinkohle verbrennen wird. Setzte er in der Weltformel t = - ∞, so enthüllte sich ihm der räthselhafte Urzustand der Dinge. Er sähe im unendlichen Raume die Materie entweder schon bewegt, oder ruhend und ungleich vertheilt, da bei gleicher Vertheilung das labile Gleichgewicht nie gestört worden wäre. Liesse er t im positiven Sinn unbegrenzt wachsen, so erführe er, nach wie langer Zeit *Carnot*'s Satz das Weltall mit eisigem Stillstande bedroht.[5]

---

plus léger atome: rien se serait incertain pour elle, et l'avenir comme le passé, serait présent à ses yeux. L'esprit humain offre dans la perfection qu'il a su donner à l'astronomie, une faible esquisse de cette intelligence. Ses découvertes en mécanique et en géometrie, jointes à celle de la pesanteur universelle, l'ont mis à portée de comprendre dans les mêmes expressions analytiques, les états passés et futurs du systeme du monde. En appliquant la même méthode à quelques autres objets de ses connaissances, il est parvenu à ramener à des lois générales, les phénomènes observés, et a prévoir ceux que des circonstances données doivent faire éclore. Tous ses efforts dans la recherche de la vérité, tendent à le rapprocher sans cesse de l'intelligence que nous venons de concevoir, mais dont il restera toujours infiniment éloigné. Cette tendance propre à l'espèce humaine, est ce qui la rend supérieure aux animaux; et ses progrès en ce genre, distinguent les nations et les siècles, et fondent leur véritable gloire.«

[5] Ueber die Frage nach dem Weltstillstande s. W. THOMSON im Philosophical Magazine etc. 4th Series. vol. IV. 1852. p. 304; - HELMHOLTZ, Ueber die Wechselwirkung der Naturkräfte u.s.w. Königsberg 1854. S. 22ff.; - auch in: Vorträge und Reden. Braunschweig 1884. Bd. I. S.41ff.; - CLAUSIUS in POGGENDORFF's Annalen u.s.w. 1864. Bd. CXXI. S. I; - 1865. Bd. CXXV. S. 398 (Auch in: Abhandlungen über die mechanische Wärmetheorie. Zweite Abtheilung. Braunschweig 1867. S. 41); - denselben, Ueber den zweiten Hauptsatz der mechanischen Wärmetheorie. Vortrag gehalten in einer allgemeinen Sitzung der 41. Versammlung Deutscher Naturforscher und Aerzte zu Frankfurt a.M. u.s.w. Braunschweig 1867. S. 15. - In den drei ersten Auflagen

Solchem Geiste wären die Haare auf unserem Haupte gezählt, und ohne sein Wissen fiele kein Sperling zur Erde. Ein vor- und rückwärts gewandter Prophet, wäre ihm, wie *d'Alembert, Laplace's* Gedanken im Keime hegend, in der Einleitung zur Encyklopaedie sich ausdrückte, »das Weltganze nur eine einzige Thatsache und Eine grosse Wahrheit«.[6] Auch bei *Leibniz* findet sich schon der *Laplace*'sche Gedanke, ja in gewisser Beziehung weiter entwickelt als bei *Laplace*, sofern *Leibniz* jenen Geist auch mit Sinnen und mit tech-

---

hiess es hier: »Liesse er (der LAPLACE'sche Geist) t im positiven Sinn unbegrenzt wachsen, so erführe er, ob CARNOT's Satz erst nach unendlicher oder schon nach endlicher Zeit das Weltall mit eisigem Stillstande bedroht.« Die Antwort auf diese Frage hängt aber davon ab, ob die Summe der Massen der die Welt zusammensetzenden Atome endlich oder unendlich ist. Dies müsste der LAPLACE'sche Geist schon vor Aufstellung der Weltformel wissen, und er brauchte sie also nicht, um zu erfahren, ob jener Zustand nach endlicher oder nach unendlicher Zeit bevorstehe. Uebrigens muss die Summe der Massen der Atome oder wenigstens ihre Gesammtwirkung auf jedes einzelne Atom endlich sein, soll nicht bei unendlich viel Atomen die Integration der Differentialgleichungen zu unendlichen Resultaten führen, mithin ihre Aufstellung schon in der Idee unmöglich sein. Daher LEIBNIZ mit erstaunlichem Tiefblick die Aufstellbarkeit der Weltformel sogleich davon abhängig macht, dass die Anzahl der Atome endlich sei. Dem Texte liegt also jene Anschauung zu Grunde. Die Bedenken gegen Endlichkeit der Materie im unendlichen Raum, und die durch die metamathematischen Untersuchungen von RIEMANN u. A. über den Raum hier gesetzte Verwickelung sind mir nicht unbekannt; doch ist dies nicht der Ort, darauf einzugehen.

[6] Encyclopédie. Discours préliminaire. Paris 1751. Fol. t.I. p.ix. »L'Univers, pour qui sauroit l'embrasser d'un seul point de vûe, ne seroit, s'il est permis de le dire, qu'un fait unique et une grande vérité.« – In einer lesenswerthen Würdigung des ›Discours préliminaire‹ sagt AUGUST BOECKH: »Ich betrachte als den Gipfel und die Krone der ganzen Abhandlung den Satz, zu dem er – D'ALEMBERT – auf sehr methodische Weise gelangt: das All würde dem, welcher es unter einem einzigen Blick umfassen könnte, nur eine einzige Thatsache, eine grosse Wahrheit seyn. Wie klein ist von da der Schritt zur Monas monadum des LEIBNIZ, oder um den spätern Ausdruck zu gebrauchen, zum Absoluten! Und ich weiss nicht, ob die zugefügte Verwahrung, ›wenn es erlaubt ist, es zu sagen‹, nicht aus dem Gefühl entstanden sei, dass er mit diesem Gedanken die Grenze der herrschenden Ansichten verwegen überschreite oder auch gegen den positiven Glauben verstösse, welchen er übrigens weit mehr als sein Schüler FRIEDRICH mit grosser Umsicht schont« (Monatsberichte der Berliner Akademie. 1858. S. 82. 83). – Sollte einem mathematischen Kopfe wie D'ALEMBERT nicht eher die Vorahnung des LAPLACE'schen Gedankens, als die des HEGEL'schen, zuzutrauen sein?

nischem Vermögen von entsprechender Vollkommenheit ausgestattet sich denkt. *Pierre Bayle* hatte gegen die Lehre von der praestabilirten Harmonie eingewendet, sie mache für den menschlichen Körper eine Voraussetzung ähnlich der eines Schiffes, das durch eigene Kraft dem Hafen zusteuere. *Leibniz* erwiedert, dies sei gar nicht so unmöglich, wie *Bayle* meine. »Es ist kein Zweifel,« sagt er, »dass ein Mensch eine Maschine machen könnte, fähig einige Zeit in einer Stadt sich umher zu bewegen und genau an gewissen Strassenecken umzubiegen. Ein unvergleichlich vollkommnerer, obwohl beschränkter Geist könnte auch eine unvergleichlich grössere Anzahl von Hindernissen vorhersehen und ihnen ausweichen. So wahr ist dies, dass wenn, wie Einige glauben, diese Welt nur aus einer endlichen Anzahl nach den Gesetzen der Mechanik sich bewegender Atome bestände, es gewiss ist, dass ein endlicher Geist erhaben genug sein könnte, um Alles, was zu bestimmter Zeit darin geschehen muss, zu begreifen und mit mathematischer Gewissheit vorherzusehen; so dass dieser Geist nicht nur ein Schiff bauen könnte, das von selber einem gegebenen Hafen zusteuerte, wenn ihm einmal die gehörige innere Kraft und die Richtung ertheilt wäre, sondern er könnte sogar einen Körper bilden, der die Handlungen eines Menschen nachmachte.«[7]

Es braucht nicht gesagt zu werden, dass der menschliche Geist von dieser vollkommenen Naturerkenntniss stets weit entfernt bleiben wird. Um den Abstand zu zeigen, der uns sogar von deren ersten Anfängen trennt, genügt Eine Bemerkung. Ehe die Differen-

---

[7] Réplique aux Réflexions contenues dans la seconde Édition du Dictionnaire critique de Mr. Bayle etc. God. Guil. Leibnitii Opera philosophica etc. Ed. J.E.ERDMANN Berolini 1840. 4°. p. 183. 184. Il n'y a pas de doute qu'un homme pourroit faire une machine, capable de se promener durant quelque tems par une ville, et de se tourner justement aux coins de certaines rues. Un esprit incomparablement plus parfait, quoique borne, pourroit aussi prévoir et éviter un nombre incomparablement plus grand d'obstacles; ce qui est si vrai, que si ce monde, selon l'hypothèse de quelques uns, n'était qu'un composé d'un nombre fini d'atomes, qui se remuassent suivant les lois de la mécanique, il est sûr, qu'un esprit fini pourroit être assez relevé pour comprendre et prévoir démonstrativement tout ce qui y doit arriver dans un tems déterminé; de sorte que cet esprit pourroit non seulement fabriquer un vaisseau, capable d'aller tout seul à un port nommé en lui donnant d'abord le tour, la direction, et les ressorts qu'il faut; mais il pourroit encore former un corps capable de contrefaire un homme.«

tialgleichungen der Weltformel angesetzt werden könnten, müssten alle Naturvorgänge auf Bewegungen eines substantiell unterschiedslosen, mithin eigenschaftslosen Substrates dessen zurückgeführt sein, was uns als verschiedenartige Materie erscheint, mit anderen Worten, alle Qualität müsste aus Anordnung und Bewegung solchen Substrates erklärt sein, für welches ich den Namen υλη vorschlagen möchte.

Dass es in Wirklichkeit keine Qualitäten giebt, folgt aus der Zergliederung unserer Sinneswahrnehmungen. Nach unseren jetzigen Vorstellungen findet in allen Nervenfasern, welche Wirkung sie auch schliesslich hervorbringen, derselbe, nach beiden Richtungen sich ausbreitende, nur der Intensität nach veränderliche Molecularvorgang statt. In den Sinnesnerven wird dieser Vorgang eingeleitet durch die für Aufnahme äusserer Eindrücke verschiedentlich eingerichteten Sinneswerkzeuge; in den Muskel-, Drüsen-, elektrischen, Leuchtnerven durch unbekannte Ursachen in den Ganglienzellen der Centren. Der Idee nach müsste ein Stück Sehnerv mit einem Stück eines elektrischen Nerven, bei gehöriger Rücksicht auf ihre physiologische Wirkungsrichtung,[8] Faser für Faser ohne Störung vertauscht werden können; nach Einheilung der Stücke würden Sehnerv und elektrischer Nerv richtig leiten. Vollends zwei Sinnesnerven würden einander ersetzen. Bei über's Kreuz verheilten Seh- und Hörnerven hörten wir, wäre der Versuch möglich, mit dem Auge den Blitz als Knall, und sähen mit dem Ohr den Donner als Reihe von Lichteindrücken.[9] Die Sinnesempfindung als solche ent-

---

[8] In den früheren Abdrücken stand hier: sogar ohne Rücksicht auf oben und unten«. Die jetzt eingeführte Rücksicht auf die physiologische Wirkungsrichtung der Nerven ist geboten durch den von mir an den elektrischen Nerven des Zitterrochen entdeckten, von Hrn. Maurice Mendelssohn an vielen centrifugal wie centripetal wirkenden Nerven verfolgten, der physiologischen Wirkungsrichtung entgegenfliessenden Axialstrom (Sitzungsberichte der Berliner Akademie, 1884. S.231; - 1885. S.747; - Archiv für Physiologie, 1885. S.135. 381; - 1887. S.106).

[9] Diese schöne Art, die Grundwahrheit der Lehre von den Sinnen zu erläutern, verdanke ich Donders. - Es ändert nichts an dem im Text Gesagten, dass die Lehre von den specifischen Energien der Nerven in der dort vorausgesetzten Form bei einigen Sinnen, insbesondere dem Gefühlssinn, noch auf Schwierigkeiten stößt. (Vergl. Alfred Goldscheider, die Lehre von den specifischen Energien der Sinnesorgane. Inaugural-Dissertation u.s.w. Berlin

steht also erst in den Sinnsubstanzen, wie *Johannes Müller* die zu den Sinnesnerven gehörigen Hirnprovinzen nannte, von welchen jetzt *Hr. Hermann Munk* einen Theil in der Grosshirnrinde als Sehsphaere, Hörsphaere u.s.w. unterschied. Die Sinnsubstanzen sind es, welche die in allen Nerven gleichartige Erregung überhaupt erst in Sinnesempfindung übersetzen, und als die wahren Träger der ›specifischen Energien‹ *Johannes Müller's* je nach ihrer Natur die verschiedenen Qualitäten erzeugen. Das mosaische: »Es ward Licht«, ist physiologisch falsch. Licht ward erst, als der erste rothe Augenpunkt eines Infusoriums zum ersten Mal Hell und Dunkel unterschied. Ohne Seh- und ohne Gehörsinnsubstanz wäre diese farbenglühende, tönende Welt um uns her finster und stumm.

Und stumm und finster an sich, d.h. eigenschaftslos, wie sie aus der subjectiven Zergliederung hervorgeht, ist die Welt auch für die durch objective Betrachtung gewonnene mechanische Anschauung, welche statt Schall und Licht nur Schwingungen eines eigenschaftslosen, dort als wägbare, hier als scheinbar unwägbare Materie sich darbietenden Urstoffes kennt.

Aber wie wohlbegründet diese Vorstellungen im Allgemeinen auch sind, zu ihrer Durchführung im Einzelnen fehlt noch so gut wie Alles. Der Stein der Weisen, der die heute noch unzerlegten Stoffe in einander umwandelte und aus höheren Grundstoffen, wenn nicht dem Urstoff selber, erzeugte, müsste gefunden sein, ehe die ersten Vermuthungen über Entstehung scheinbar verschiedenartiger aus in Wirklichkeit eigenschafts-, also unterschiedsloser Materie möglich würden: unserer achtundsechzig Elemente, deren weitere Vermehrung uns so wenig aufzuregen pflegt wie die der kleinen Planeten, aus der ›Hyle‹. Gewiss ist Hrn. *Lothar Meyer's* und Hrn. *Mendelejeff's* periodisches System der Elemente ein mächtiger Schritt in dieser Richtung, welcher aber zunächst nur dazu dient uns zu zeigen, wie weit wir noch von der ersehnten Einsicht entfernt sind.

1881.) Ein Theil dieser Schwierigkeiten ist übrigens neuerlich von Hrn. Magnus Blix in Lund und von Hrn. Goldscheider selber gehoben worden. Vergl. des letzteren Abhandlung im Archiv für Physiologie. 1885. Suppl.-Bd. S. 1 ff.

Der oben geschilderte Geist - er heisse fortan kurz der *Laplace*'sche Geist[10] - würde dagegen diese Einsicht vollendet besitzen, und danach könnte es scheinen, als sei zwischen ihm und uns kein Vergleich möglich. Doch ist der menschliche Geist vom LAPLACE'schen Geiste nur gradweise verschieden, etwa wie eine bestimmte Ordinate einer von Null in's Unendliche ansteigenden Curve von einer zwar ausnehmend viel grösseren, jedoch noch endlichen Ordinate derselben Curve. Wir gleichen diesem Geist, denn wir begreifen ihn. Ja es ist die Frage, ob ein Geist wie NEWTON's von dem LAPLACE'schen Geiste sich viel mehr unterscheidet, als vom Geiste NEWTON's der Geist eines Australnegers, der nur bis drei, eines Buschmannes, der nur bis zwei zählt, oder eines Chiquito's, der gar keine Zahlwörter besitzt.[11] Mit anderen Worten, die Unmöglichkeit, die Differentialgleichungen der Weltformel aufzustellen, zu integriren und das Ergebniss zu discutiren, ist keine in der Natur der Dinge begründete, sondern beruht auf der Unmöglichkeit, die nöthigen thatsächlichen Bestimmungen zu erlangen, und, auch wenn dies möglich wäre, auf deren unermesslicher, vielleicht unendlicher Ausdehnung, ihrer Mannigfaltigkeit und Verwickelung.

Das Naturerkennen des LAPLACE'schen Geistes stellt somit die höchste denkbare Stufe unseres eigenen Naturerkennens vor, und bei der Untersuchung über die Grenzen dieses Erkennens können wir jenes zu Grunde legen. Was der LAPLACE'sche Geist nicht zu durchschauen vermöchte, das wird vollends unserem in so viel engeren Schranken eingeschlossenen Geiste verborgen bleiben.

Zwei Stellen sind es nun, wo auch der LAPLACE'sche Geist vergeblich trachten würde weiter vorzudringen, vollends wir stehen zu bleiben gezwungen sind.

Erstens nämlich ist daran, zu erinnern, dass das Naturerkennen, welches vorher als unser Causalitätsbedürfniss vorläufig befriedi-

---

10 Er sollte eigentlich der Leibnizische Geist heissen, indessen war die Bezeichnung 'Laplace'scher Geist' schon durch mich eingebürgert, als ich denselben Gedanken bei Leibniz fand, und es schien nicht zweckmässig, eine Aenderung darin vorzunehmen.

11 Friedrich Müller, Grundriss der Sprachwissenschaft. Bd. I. 2. Wien 1877. S. 26; - Bd. II 1. 1882. S. 23. 31. 37. 43. 58. 70. 85. 407.

gend bezeichnet wurde, in Wahrheit dies nicht thut, und kein Erkennen ist. Die Vorstellung, wonach die Welt aus stets dagewesenen und unvergänglichen kleinsten Theilen besteht, deren Centralkräfte alle Bewegung erzeugen, ist gleichsam nur Surrogat einer Erklärung. Sie führt, wie bemerkt, alle Veränderungen in der Körperwelt auf eine constante Menge von Materie und ihr anhaftender Bewegungskraft zurück, und lässt an den Veränderungen selber also nichts zu erklären übrig, denn was stets da war, kann nur Ursache, nicht Wirkung sein. Bei dem gegebenen Dasein jenes Constanten können wir, der gewonnenen Einsicht froh, eine Zeit lang uns beruhigen; bald aber verlangen wir tiefer einzudringen, und es seinem Wesen nach zu begreifen. Da ergiebt sich denn bekanntlich, dass zwar die atomistische Vorstellung für den Zweck unserer physikalisch-mathematischen Ueberlegungen brauchbar, ja mitunter unentbehrlich ist, dass sie aber, wenn die Grenzen der an sie zu stellenden Forderungen überschritten werden, als Corpuscular-Philosophie in unlösliche Widersprüche führt.

Ein physikalisches Atom, d.h. eine im Vergleich zu den Körpern, die wir handhaben, verschwindend klein gedachte, aber trotz ihrem Namen in der Idee noch theilbare Masse, welcher Eigenschaften oder ein Bewegungszustand zugeschrieben werden, wodurch das Verhalten einer aus unzähligen solchen Atomen bestehenden Masse sich erklärt, ist eine in sich folgerichtige und unter Umständen, beispielsweise in der Chemie, der mechanischen Gastheorie, äusserst nützliche Fiction. In der mathematischen Physik wird übrigens deren Gebrauch neuerlich möglichst vermieden, indem man, statt auf discrete Atome, auf Volumelemente der continuirlich gedachten Körper zurückgeht.[12]

Ein philosophisches Atom dagegen, d. h. eine angeblich nicht weiter theilbare Masse trägen wirkungslosen Substrates, von welcher durch den leeren Raum in die Ferne wirkende Kräfte ausgehen, ist bei näherer Betrachtung ein Unding.

Denn soll das nicht weiter theilbare, träge, an sich unwirksame Substrat wirklichen Bestand haben, so muss es einen gewissen noch

---

[12] Vergl. von Helmholtz, Gedächtnissrede auf Gustav Magnus. Abhandlungen der Königl. Akademie der Wissenschaften zu Berlin. Aus dem Jahre 1871. Berlin 1872. 4°. S. 11 ff.; – auch in: Vorträge und Reden u. s. w. Bd. II S. 46 ff.

so kleinen Raum erfüllen. Dann ist nicht zu begreifen, warum es nicht weiter theilbar sei. Auch kann es den Raum nur erfüllen, wenn es vollkommen hart ist, d. h. indem es durch eine an seiner Grenze auftretende, aber nicht darüber hinaus wirkende abstossende Kraft, welche alsbald grösser wird, als jede gegebene Kraft, gegen Eindringen eines anderen Körperlichen in denselben Raum sich wehrt. Abgesehen von anderen Schwierigkeiten, welche hieraus entspringen, ist das Substrat alsdann kein wirkungsloses mehr.

Denkt man sich umgekehrt mit den Dynamisten als Substrat nur den geometrischen Mittelpunkt der Centralkräfte, so erfüllt das Substrat den Raum nicht mehr, denn der Punkt ist die im Räume vorgestellte Negation des Raumes. Dann ist nichts mehr da, wovon die Centralkräfte ausgehen, und was träg sein könnte, gleich der Materie.

Durch den leeren Raum in die Ferne wirkende Kräfte sind an sich unbegreiflich, ja widersinnig, und erst seit NEWTON's Zeit, durch Missverstehen seiner Lehre und gegen seine ausdrückliche Warnung, den Naturforschern eine geläufige Vorstellung geworden.[13]

---

[13] Vergl. Isenkrahe, Das Räthsel von der Schwerkraft. Kritik der bisherigen Lösungen des Gravitationsproblems u. s. w. Braunschweig 1879; - Kritische Beiträge zum Gravitationsproblem. Klein's Gaea. 1880. Bd. XVI. S. 472. 544. 600. 647. 745; - Euler's Theorie von der Ursache der Gravitation. Schlömilch's und Cantor's Zeitschrift für Mathematik und Physik. Historisch-literarische Abtheilung. 1881. Bd. XXVI. I. S. 1. - Am 3. Februar 1888 hielt mein Bruder, Prof. Paul du Bois-Reymond, in der physikalischen Gesellschaft zu Berlin einen Vortrag, in welchem er bewies, dass die Fernkraft auf keine Art mechanisch construirbar, dass sie also unbegreiflich ist. Der Vortrag wurde gedruckt in der von Hrn. Sklarek herausgegebenen 'Naturwissenschaftlichen Rundschau', III. Jahrgang, No. 14. - Am 28. November 1888 hielt dann Hr. Isenkrahe in der philosophischen Gesellschaft zu Bonn einen gegen meines Bruders Ansicht gerichteten Vortrag, welcher aber erst 1890 unter dem Titel: 'Ueber die Fernkraft und das durch Paul du Bois-Reymond aufgestellte dritte Ignorabimus', bei Teubner in Leipzig erschien. Leider erlebte mein Bruder, der am 7. April 1889 starb, diese Veröffentlichung nicht, auf welche er schwerlich eine Antwort schuldig geblieben wäre. In der von seinem Collegen an der Berliner technischen Hochschule, Hrn. Prof. Guido Hauck nach hinterlassenen Aufzeichnungen herausgegebenen posthumen Schrift Paul du Bois-Reymond's : Ueber die Grundlagen der Erkenntniss in den exacten Wissenschaften (Tübingen 1890 bei Laupp), kehrt der Aufsatz aus der Rundschau einfach in gekürzter Form wieder.

Denkt man sich mit DESCARTES und LEIBNITZ den ganzen Raum erfüllt, und alle Bewegung durch Uebertragung in Berührungsnähe erzeugt, so ist zwar das Entstehen der Bewegung auf ein unserer sinnlichen Anschauung vertrautes Bild zurückgeführt, aber es stellen sich andere Schwierigkeiten ein. Unter Anderem war es bei dieser Vorstellung bisher unmöglich, die verschiedene Dichte der Körper aus verschiedener Zusammenfügung des gleichartigen Urstoffes zu erklären.

Es ist leicht, den Ursprung dieser Widersprüche aufzudecken. Sie wurzeln in unserem Unvermögen, etwas Anderes, als mit den äusseren Sinnen entweder, oder mit dem inneren Sinn Erfahrenes uns vorzustellen. Bei dem Bestreben, die Körperwelt zu zergliedern, gehen wir aus von der Theilbarkeit der Materie, da sichtlich die Theile etwas Einfacheres und Ursprünglicheres sind, als das Ganze. Fahren wir in Gedanken mit Theilung der Materie immer weiter fort, so bleiben wir mit unserer Anschauung in dem uns angewiesenen Geleise, und fühlen uns in unserem Denken unbehindert. Zum Verständniss der Dinge thun wir keinen Schritt, da wir in der That nur das im Bereiche des Grossen und Sichtbaren Erscheinende auch im Bereiche des Kleinen und Unsichtbaren uns vorstellen. Wir kommen so zum Begriffe des physikalischen Atoms. Hören wir nun aber willkürlich irgendwo mit der Theilung auf, bleiben wir stehen bei vermeintlichen philosophischen Atomen, die nicht weiter theilbar, an sich wirkungslos, und doch vollkommen hart und Träger fernwirkender Centralkräfte sein sollen: so verlangen wir, dass eine Materie, die wir uns unter dem Bilde der Materie denken, wie wir sie handhaben, neue, ursprüngliche, ihr eigenes Wesen aufklärende Eigenschaften entfalte, und dies ohne dass wir irgend ein neues Prinzip einführten. So begehen wir den Fehler, der durch die vorher blossgelegten Widersprüche sich äussert.[14]

Auch die Hertz'schen Versuche sind darin noch nicht berücksichtigt, die fortan bei jeder Erörterung über Fernwirkungen eine wichtige Rolle spielen dürften.

[14] Es versteht sich, dass es meine Absicht nicht sein konnte, innerhalb des Rahmens dieses Vortrages eine vollständige Kritik der Theorien über Materie und Kraft zu geben. Ich wollte nur andeuten, dass hier unlösliche Widersprüche versteckt sind. Ausführliche Auseinandersetzungen des Gegenstandes aus neuerer Zeit findet man in G. Th. Fechner, Ueber die physikalische und philosophische Atomenlehre. Leipzig 1855, und in F. Harms, Philosophische

Niemand, der etwas tiefer nachgedacht hat, verkennt die transcendente Natur des Hindernisses, das hier sich uns entgegenstellt. Wie man es auch zu umgehen versuche, in der einen oder anderen Form stösst man darauf. Von welcher Seite, unter welcher Deckung man ihm sich nähere, man erfährt seine Unbesiegbarkeit. Die alten Ionischen Physiologen standen davor nicht rathloser als wir. Alle Fortschritte der Naturwissenschaft haben nichts dawider vermocht, alle ferneren werden dawider nichts fruchten. Nie werden wir besser als heute wissen, was, wie *Paul Erman* zu sagen pflegte, »hier«, wo Materie ist, »im Raume spukt«. Denn sogar der *Laplace*'sche, über den unseren so weit erhabene Geist würde in diesem Punkte nicht klüger sein als wir, und daran erkennen wir verzweifelnd, dass wir hier an der einen Grenze unseres Witzes stehen.

Uebrigens böte die materielle Welt diesem Geiste noch ein unlösbares Räthsel. Zwar würde, wie wir sahen, seine Formel ihm den Urzustand der Dinge enthüllen. Träfe er aber die Materie vor unendlicher Zeit im unendlichen Räume ruhend und ungleich vertheilt an, so wüsste er nicht, woher die ungleiche Vertheilung; träfe er sie schon bewegt an, so wüsste er nicht, woher die Bewegung, welche ihm nur als zufälliger Zustand der Materie erscheint. In beiden Fällen bliebe sein Causalitätsbedürfniss unbefriedigt. Vielleicht, ja wahrscheinlich, ist die schon von Aristoteles erörterte Frage nach dem Anfang der Bewegung einerlei mit der nach dem Wesen von Materie und Kraft. Weder lässt sich dies beweisen, noch wäre dem *Laplace*'schen Geist damit geholfen, da eben das Wesen von Materie und Kraft ihm verschlossen bleibt.

Sehen wir aber von dem Allen ab, setzen wir die bewegte Materie als gegeben voraus, so ist in der Idee, wie gesagt, die Körperwelt verständlich. Seit unendlicher Zeit geht im unendlichen Raume Verdichtung der scheinbar sich anziehenden Materie vor sich. Als verschwindender Punkt irgendwo im Weltall ballt sich dabei auch der kreisende Nebel zusammen, aus welchem die von Hrn. von Helmholtz mittels der mechanischen Wärmetheorie weiter geführte Kant'sche Hypothese unser Planetensystem mit seiner erschöpfba-

---

Einleitung in die Encyklopädie der Physik, im 1. Bde. von G. Karsten's Allgemeiner Encyklopädie der Physik. Leipzig 1869. S. 307 ff.

ren, nie wiederkehrenden Wärmemitgift werden lässt.[15] Schon sehen wir unsere Erde als feurig flüssigen Tropfen, umhüllt mit einer Atmosphaere von unvorstellbarer Beschaffenheit, in ihrer Bahn rollen. Wir sehen sie im Lauf unermesslicher Zeiträume mit einer Rinde erstarrenden Urgesteines sich umgeben, Meer und Veste sich scheiden, den Granit, durch heisse kohlensaure Wolkenbrüche zerfressen, das Material zu kalihaltigen Erdschichten liefern, und schliesslich Bedingungen entstehen, unter denen Leben möglich ward.

Wo und in welcher Form es auf Erden zuerst erschien, ob als Protoplasmaklümpchen im Meer, oder ob an der Luft unter Mitwirkung der noch mehr ultraviolette Strahlen entsendenden Sonne bei noch höherem Kohlensäuregehalt der Atmosphaere; ob von anderen Weltkörpern her Lebenskeime zu uns herüberflogen;[16] wer sagt es je? Aber der Laplace'sche Geist im Besitze der Weltformel könnte es sagen. Denn beim Zusammentreten unorganischen Stoffes zu Lebendigem handelt es sich zunächst nur um Bewegung, um Anordnung von Molekeln in mehr oder minder festen Gleichgewichtslagen, und um Einleitung eines Stoffwechsels, theils durch von aussen überkommene Bewegung, theils durch Spannkräfte der mit Molekeln der Aussenwelt in Wechselwirkung tretenden Molekeln des Lebewesens. Was das Lebende vom Todten, die Pflanze und das nur in seinen körperlichen Functionen betrachtete Thier vom Krystall unterscheidet, ist zuletzt dieses: im Krystall befindet sich die Materie in stabilem Gleichgewichte, während durch das Lebewesen ein Strom von Materie sich ergiesst, die Materie darin in mehr oder minder vollkommenem dynamischen Gleichgewichte[17] sich befindet, mit bald positiver, bald der Null gleicher, bald nega-

---

[15] Die Wechselwirkung der Naturkräfte u. s. w. Königsberg 1854. S. 44; – Vorträge und Reden. Bd. I. S. 75

[16] Sir William Thomson, in: Report of the forty-first Meeting of the British Association for the Advancement of Science held at Edinburgh in August 1871. The President's Address, p. CII; – von Helmholtz in der Vorrede zum zweiten Theile des ersten Bandes der deutschen Uebersetzung des Handbuches der theoretischen Physik von W. Thomson und P. G. Tait. S. XIff. (1873); – Vorträge und Reden u. s. w. Bd. II S. 346ff.

[17] Vergl. Smaasen, in Poggendorff's Annalen der Physik und Chemie. 1846. Bd. LXIX. S. 161.

tiver Bilanz. Daher ohne Einwirkung äusserer Massen und Kräfte der Krystall ewig bleibt was er ist, dagegen das Lebewesen in seinem Bestehen von gewissen äusseren Bedingungen, den integrirenden oder Lebensreizen der älteren Physiologie,[18] abhängt, und einem zeitlichen Verlauf unterliegt, aber auch fähig wird, kinetische in potentielle Energie, diese in jene nach Bedürfniss zu verwandeln.

So werden durch diese grundlegende Verschiedenheit zwischen den Individuen, der todten und denen der lebenden Natur die Vorgänge in letzteren dem Gesetz der Erhaltung der Energie unterthan. Neben ihr verschwinden an Bedeutung, sofern sie nicht darin aufgehen, die von *Ernst Heinrich Weber* scharfsinnig ausgedachten, die beiden Classen von Individuen mehr äusserlich trennenden Merkmale. Den sonst vom Vitalismus hervorgehobenen Unterschieden, der angeblich höheren Unbegreiflichkeit und Unnachahmlichkeit der Lebewesen, ihrer Zweckmässigkeit, verschiedenen Reaction und Untheilbarkeit liegt meist unrichtige Auffassung zu Grunde. Was insbesondere die Untheilbarkeit betrifft, so beruht zwar die sogenannte Theilbarkeit mancher Organismen nur auf einem weitreichenden Regenerationsvermögen. Doch sind in der Idee Lebewesen nach Art der Krystalle theilbar in constituirende Elementarorganismen, so dass sie kaum noch Individuen heissen dürften; andererseits sind Maschinen untheilbar nach Art der Lebewesen, da in beiden die Wirkung des Ganzen die der Theile, die Wirkung der Theile die des Ganzen bedingt. So erklärt sich ohne grundsätzliche Verschiedenheit der Kräfte im Krystall und im Lebewesen, ohne Lebenskraft in irgend einer Form oder Verkleidung, dass beide miteinander incommensurabel sind wie ein in lauter ähnliche Werkstücke spaltbares Bauwerk und eine Maschine, und somit ist für den Forscher kein Grund vorhanden, zwischen beiden Reichen jene absoluten Schranken gelten zu lassen, wie sie der unbefangene Menschensinn freilich allerorten und jederzeit erblickt hat und erblicken wird, und wie eine erst in unseren Tagen abgelaufene Periode der Wissenschaft sie zum Dogma erhob.

Es ist daher ein Missverständniss, im ersten Erscheinen lebender Wesen auf Erden oder auf einem anderen Weltkörper etwas Super-

---

[18] Joh. Müller, Handbuch der Physiologie des Menschen u. s. w. Bd. I. 4. Aufl. Coblenz 1844. S. 28.

naturalistisches, etwas Anderes zu sehen, als ein überaus schwieriges mechanisches Problem. Von den beiden Irrthümern, auf die ich hinweisen wollte, ist dies der eine, und ich halte nicht für geboten, von Ewigkeit her gleichsam eine kosmische Panspermie anzunehmen.[19] Nicht hier ist die andere Grenze des Naturerkennens; hier nicht mehr als in der Krystallbildung. Könnten wir die Bedingungen herstellen, unter denen einst Lebewesen entstanden, wie wir dies für gewisse, nicht für alle Krystalle können, so würden nach dem Principe des Actualismus[20] wie damals auch heute Lebewesen entstehen. Sollte es aber auch nie gelingen, Urzeugung zu beobachten, geschweige sie im Versuch herbeizuführen, so wäre doch hier kein unbedingtes Hinderniss. Wären uns Materie und Kraft verständlich, die Welt hörte nicht auf begreiflich zu sein, auch wenn wir uns die Erde (um nur sie zu nennen) von ihrem aequatorialen Smaragdgürtel bis zu den letzten flechtengrauen Polarklippen mit der üppigsten Fülle von Pflanzenleben überwuchert denken, gleichviel welchen Antheil an der Gestaltung des Pflanzenreiches man organischen Bildungsgesetzen, welchen der natürlichen Zuchtwahl einräume. Nur die zur Befruchtung vieler Pflanzen als unentbehrlich erkannte Beihülfe der Insectenwelt müssen wir aus Gründen, die bald einleuchten werden, in dieser Betrachtung bei Seite lassen. Sonst bietet das reichste, von *Bernardin de Saint-Pierre, Alexander von Humbold* oder *Pöppig* entworfene Gemälde eines tropischen Urwaldes dem Blicke der theoretischen Naturforschung nichts dar, als auf bestimmte Weise angeordnete oder bewegte Materie.[21]

Allein es tritt nunmehr, an irgend einem Punkt der Entwickelung des Lebens auf Erden, den wir nicht kennen und auf dessen Bestimmung es hier nicht ankommt, etwas Neues, bis dahin Unerhörtes auf, etwas wiederum, gleich dem Wesen von Materie und Kraft, und gleich der ersten Bewegung Unbegreifliches. Der in negativ unendlicher Zeit angesponnene Faden des Verständnisses zerreisst,

---

[19] S. von Helmholtz a. a. O.

[20] Vergl. J. Roth in den Abhandlungen der Königl. Akademie der Wissenschaften zu Berlin. Aus dem Jahre 1871. Berlin 1872. Physikalische Klasse. 40. S. 169.

[21] Vergl. über die Urzeugung unten S. 76 ff.

und unser Naturerkennen gelangt an eine Kluft, über die kein Steg, kein Fittig trägt: wir stehen an der anderen Grenze unseres Witzes.

Dies neue Unbegreifliche ist das Bewusstsein. Ich werde jetzt, wie ich glaube, in sehr zwingender Weise darthun, dass nicht allein bei dem heutigen Stand unserer Kenntniss das Bewusstsein aus seinen materiellen Bedingungen nicht erklärbar ist, was wohl jeder zugiebt, sondern dass es auch der Natur der Dinge nach aus diesen Bedingungen nie erklärbar sein wird. Die entgegengesetzte Meinung, dass nicht alle Hoffnung aufzugeben sei, das Bewusstsein aus seinen materiellen Bedingungen zu begreifen, dass dies vielmehr im Laufe der Jahrhunderte oder Jahrtausende dem alsdann in ungeahnte Reiche der Erkenntniss vorgedrungenen Menschengeiste wohl gelingen könne: dies ist der zweite Irrthum, den ich in diesem Vortrage bekämpfen will.

Ich gebrauche dabei absichtlich den Ausdruck ›Bewusstsein‹, weil es hier nur um die Thatsache eines geistigen Vorganges irgend einer, sei es der niedersten Art, sich handelt. Man braucht nicht Newton oder Leibniz die Infinitesimal-Rechnung erfindend, nicht James Watt vor seinem inneren Auge sein Parallelogramm in Gang setzend, nicht Shakespeare, Raphael, Mozart in der wunderbarsten ihrer Schöpfungen begriffen sich vorzustellen, um das Beispiel eines aus seinen materiellen Bedingungen unerklärbaren geistigen Vorganges zu haben. In der Hauptsache ist die erhabenste Seelenthätigkeit nicht unbegreiflicher aus materiellen Bedingungen, als das Bewusstsein auf seiner ersten Stufe, der Sinnesempfindung. Mit der ersten Regung von Behagen oder Schmerz, die im Beginn des thierischen Lebens auf Erden ein einfachstes Wesen empfand, oder mit der ersten Wahrnehmung einer Qualität, ist jene unübersteigliche Kluft gesetzt, und die Welt nunmehr doppelt unbegreiflich geworden.

Ueber wenig Gegenstände wurde anhaltender nachgedacht, mehr geschrieben, leidenschaftlicher gestritten, als über Verbindung von Leib und Seele im Menschen. Alle philosophischen Schulen, dazu die Kirchenväter, haben darüber ihre Lehrmeinungen gehabt. Die neuere Philosophie kümmert sich weniger um diese Frage; um so reicher sind deren Anfänge im siebzehnten Jahrhundert an Theorien über die Wechselwirkung von Materie und Geist.

Descartes selber hatte sich die Möglichkeit, diese Wechselwirkung zu begreifen, durch zwei Aufstellungen vorweg abgeschnitten. Erstens behauptete er, dass Körper und Geist verschiedene Substanzen, durch Gottes Allmacht vereinigt, seien, welche, da der Geist als unkörperlich keine Ausdehnung habe, nur in Einem Punkt, und zwar in der sogenannten Zirbeldrüse des Gehirnes, einander berühren.[22] Er behauptete zweitens, dass die im Weltall vorhandene Bewegungsgrösse beständig sei.[23] Je sicherer daraus die Unmöglichkeit zu folgen scheint, dass die Seele Bewegung der Materie erzeuge, um so mehr erstaunt man, wenn nun Descartes, um die Willensfreiheit zu retten, die Seele einfach die Zirbeldrüse in dem nöthigen Sinne bewegen lässt, damit die thierischen Geister, wir würden sagen, das Nervenprincip, den richtigen Muskeln zuströmen. Umgekehrt die durch Sinneseindrücke erregten thierischen Geister bewegen die Zirbeldrüse, und die mit dieser verbundene Seele merkt die Bewegung.[24]

Descartes' unmittelbare Nachfolger, Clauberg,[25] Malebranche,[26] , Geulincx,[27] bemühen sich, einen so offenbaren Missgriff zu verbessern. Sie halten fest an der Unmöglichkeit einer Wechselwirkung von Geist und Materie, als von zwei verschiedenen Substanzen. Um aber zu verstehen, wie dennoch die Seele den Körper bewege, und umgekehrt von ihm erregt werde, nehmen sie an, dass das Wollen der Seele Gott veranlasse, den Körper jedesmal nach Wunsch der

---

22 Oeuvres de Descartes, publiées par Victor Cousin. Paris 1824. t. I. Discours de la Méthode. p. 158. 159; - Méditation sixième. p. 344; - Objections et Réponses. p. 414 et suiv.; - Ibidem t. III. Les Principes de la Philosophie p. 102.

23 Ibidem. Les Principes etc. p. 151. - Vergl. meine Rede über Voltaire als Naturforscher in den Monatsberichten der Akademie u. s. w. 1868. S. 43. 44; - auch in den Reden u. s. w. Erste Folge. S. 9. II. 27.

24 Ibidem t. IV. Les Passions de l'Ame. p. 66. 67. 72. 73. - L'Homme. p. 402 et suiv.

25 Dictionnaire des Sciences philosophiques par une Societé de professeurs de Philosophie. Paris 1844. t. I. p. 523.

26 Malebranche, De la Recherche de la Vérité. Oeuvres complètes, par MM. de Genoude et de Lourdoueix. Paris 1837. 4°. t. I. p. 220 et suiv. - De la Prémotion physique. Ibidem t. II. p. 392 et suiv.

27 H. Ritter, Geschichte der Philosophie Hamburg 1852. Th. XI. S. 104 ff. - Harms, a. a. O. S. 235. 236. - Schwegler, Geschichte der Philosophie im Umriss. 7. Aufl. Stuttgart 1870. S. 144.

Seele zu bewegen, und dass umgekehrt die Sinneseindrücke ihn veranlassen, die Seele jedesmal in Uebereinstimmung damit zu verändern. Die *Causa efficiens* der Veränderungen des Körpers durch die Seele und der Seele durch den Körper ist also stets nur Gott; das Wollen der Seele und die Sinneseindrücke sind nur die *Causae occasionales* für die unaufhörlich erneuten Eingriffe seiner Allmacht.

Leibniz endlich pflegte dies Problem mittels des von Geulincx zuerst darauf angewandten Bildes zweier Uhren zu erläutern, die gleichen Gang zeigen sollen.[28] Auf dreierlei Art, sagt er, könne dies geschehen. Erstens können beide Uhren durch Schwingungen, die

---

[28] Second Éclaircissement du Système de la Communication des Substances. 1696. G. G. Leibnitii Opera philosophica etc. p. 133. - Troisieme Éclaircissement. 1696. Ibid. p. 134. - Lettre à Basnage etc. Ibid. p. 152. - Das Uhrengleichniss steht auch in Arn. Geulincx sive Ethica etc. Ed. Philaretus. Amstelod. 1709. 12°. p. 124. Nota 19. Seit Ritter hierauf aufmerksam machte (a. a. O. S. 140), pflegt man es Geulincx zuzuschreiben. Da aber jenes vierzig Jahre nach Geulincx' Tod und dreizehn Jahre nach dem Second Eclaircissement erschienene Buch nicht wörtlich Geulincx' Werk ist, vielmehr manche fremde Zuthat enthält, so ist vielleicht auch das Uhrengleichniss, nachdem Leibniz es erfunden und wiederholt gebraucht, als allgemein bekanntes Bild nachträglich darin aufgenommen. Um es Geulincx sicher zuzuschreiben, müsste man es in einer der vor 1696 erschienenen Ausgaben der Ethik nachweisen. In Berlin war deren keine aufzutreiben. - (Diese Anmerkung veranlasste einen tiefen und geistvollen Kenner der Geschichte der Wissenschaft, Hrn. Dr. G. Berthold in Ronsdorf, zu erneuter gründlicher Untersuchung über den Ursprung des Uhrengleichnisses. Es ergab sich, dass an und für sich, ohne Beziehung auf die Verbindung zwischen Leib und Seele, das Bild zweier Uhren, welche gleichen Gang zeigen, von Descartes herrührt, dass es aber wirklich zuerst von Geulincx zur Erläuterung der Verbindung zwischen Körper und Geist benutzt wurde. Hr. Dr. Berthold wies es schon in einer in seinem Besitze befindlichen Ausgabe der Ethik vom Jahre 1683 nach. Monatsberichte u.s.w. 1874. S. 561-567. Hier ist auch (S. 567. Anm. 2) das Verzeichniss der Stellen vervollständigt, an welchen Leibniz das Uhrengleichniss anwendet. - Anm. zur 4. Auflage.) Weitere Erörterungen über den Gegenstand finden sich in dem Decanatsprogramm der Tübinger philosophischen Facultät von Dr. Edmund Pfleiderer: Leibniz und Geulincx mit besonderer Beziehung auf ihr beiderseitiges Uhrengleichniss. Tübingen 1884. 4°. (Vergl. auch desselben Verfassers Notiz: Leibniz und Geulincx, in den philosophischen Monatsheften, 1884. S. 423. 424); - sowie in Hrn. Zeller's Abhandlung: Ueber die erste Ausgabe von Geulincx' Ethik und über Leibniz' Verhältniss zu Geulincx' Occasionalismus, in den Sitzungsberichten der Akademie, 1884. Bd. II. S. 673.

sie einer gemeinsamen Befestigung mittheilen, einander so beeinflussen, dass ihr Gang derselbe werde, wie dies Huygens beobachtet habe.[29] . Zweitens könne stets die eine Uhr gestellt werden, um sie in gleichem Gange mit der anderen zu erhalten. Drittens könne von vorn herein der Künstler so geschickt gewesen sein, dass er beide Uhren, obschon ganz unabhängig von einander, gleichgehend gemacht habe. Zwischen Leib und Seele sei die erste Art der Verbindung anerkannt unmöglich. Die zweite, der occasionalistischen Lehre entsprechende, sei Gottes unwürdig, den sie als *Deus ex machina* missbrauche. So bleibe nur die dritte übrig, in der man Leibniz' eigene Lehre von der praestabilirten Harmonie wiedererkennt.

Allein diese und ähnliche Betrachtungen sind in den Augen der neueren Naturforschung entwerthet und der Wirkung auf die heutigen Ansichten beraubt durch die dualistische Grundlage, auf welche sie, gemäss ihrem halb theologischen Ursprunge, gleich anfangs sich stellen. Ihre Urheber gehen aus von der Annahme einer vom Körper unbedingt verschiedenen geistigen Substanz, der Seele, deren Verbindung mit dem Körper sie untersuchen. Sie finden, dass

---

[29] Leibniz giebt nicht an, aus welchem Quell er Huygens' Beobachtung schöpfte. Hrn. Dr. Berthold verdanke ich darüber folgende Notiz. »Bei Feder, Sophie Churfürstin von Hannover im Umriss. Hannover 1810. S. 239, findet sich ein Brief der Churfürstin an Leibniz vom 24. Juli 1699, in welchem sie anfragt, wie es sich mit der gegenseitigen Beeinflussung zweier Uhren verhalte, von der ihr Leibniz gesprochen; sie habe es wieder vergessen. Leibniz antwortet (26. Juli 1699, a.a.O. S. 240), dies sei eine Beobachtung von Huygens über zwei Pendeluhren (» Il me l'a contée lui-même, et il l'a même publiée dans ses ouvrages sur les pendules«), und giebt eine ausführliche Beschreibung davon, ohne jedoch den Vergleich mit Leib und Seele zu erwähnen.« - Huygens' erste Mittheilung steht im Journal des Sçavans, 16 et 23 Mars 1665; er erwähnt die Thatsache in seinem (Chr. Hugenii etc.) Horologium oscillatorium etc. Parisii 1673. Fol. p. 18. 19. - Seine Beobachtung wurde nicht nur, wie es in den drei ersten Auflagen hiess, Anfangs dieses Jahrhunderts von Abraham Louis Breguet angewendet, um den Gang jeder der beiden Uhren gleichförmiger zu machen (Biot's Lehrbuch der Experimental-Physik, Deutsch bearbeitet von Fechner. Leipzig 1829. Bd. II. S. 129), sondern sie wurde auch gegen Mitte des vorigen Jahrhunderts vom Uhrmacher Ellicot in London zufällig erneuert und weiter verfolgt (An Account of the Influence which two Pendulum Clocks were observed to have upon each other. Philosophical Transactions. 1739. P. 126. 128). - Vergl. Laplace, Sur l'action réciproque des pendules etc. in den Annales de Chimie et de Physique. 1816. t. III. p. 162, mit einem Zusätze von Arago (Deutsch in Gilbert's Annalen der Physik. 1817. LVII. S. 229).

eine Verbindung beider Substanzen nur durch ein Wunder möglich ist, und dass, auch nach diesem ersten Wunder, ein ferneres Zusammengehen beider Substanzen nicht anders stattfinden kann, als wiederum durch ein entweder stets erneutes oder seit der Schöpfung fortwirkendes Wunder. Diese Folge nun geben sie für eine neue Einsicht aus, ohne hinreichend zu prüfen, ob nicht sie selber vielleicht sich die Seele erst so zurechtgemacht haben, dass eine Wechselwirkung zwischen ihr und dem Körper undenkbar ist. Mit einem Wort, der gelungenste Beweis, dass keine Wechselwirkung von Körper und Seele möglich sei, lässt dem Zweifel Raum, ob nicht die Praemissen willkürliche seien, und ob nicht Bewusstsein einfach als Wirkung der Materie gedacht und vielleicht begriffen werden könne. Für den Naturforscher muss daher der Beweis, dass die geistigen Vorgänge aus ihren materiellen Bedingungen nie zu begreifen sind, unabhängig von jeder Voraussetzung über den Urgrund jener Vorgänge geführt werden.

Ich nenne astronomische Kenntniss eines materiellen Systemes solche Kenntniss aller seiner Theile, ihrer gegenseitigen Lage und ihrer Bewegung, dass ihre Lage und Bewegung zu irgend einer vergangenen und zukünftigen Zeit mit derselben Sicherheit berechnet werden kann, wie Lage und Bewegung der Himmelskörper bei vorausgesetzter unbedingter Schärfe der Beobachtungen und Vollendung der Theorie. Dazu gehört, dass man kenne 1. die Gesetze, nach welchen die zwischen den Theilen des Systemes wirksamen Kräfte sich mit der Entfernung ändern; 2. die Lage der Theile des Systemes in zwei durch ein Zeitdifferential getrennten Augenblicken, oder, was auf dasselbe hinausläuft, die Lage der Theile und ihre nach drei Axen zerlegte Geschwindigkeit zu einer bestimmten Zeit.[30]

Astronomische Kenntniss eines materiellen Systemes ist bei unserer Unfähigkeit, Materie und Kraft zu begreifen, die vollkommenste Kenntniss, die wir von dem System erlangen können. Es ist die,

---

[30] In der oben S. 17. 18 (vergl. Anm. 2 auf S. 53. 54) angeführten Stelle hat Laplace wohl nicht beabsichtigt, die Bedingungen astronomischer Kenntniss genau auszudrücken. Als ungenauer Ausdruck erscheint es auch, wenn er sagt, der menschliche Geist werde von dem von ihm (Laplace) gedachten Geiste stets unendlich weit entfernt bleiben (vergl. oben S. 23. 54).

wobei unser Causalitätstrieb sich zu beruhigen gewohnt ist, und welche der Laplace'sche Geist selber bei gehörigem Gebrauche seiner Weltformel von dem System besitzen würde.

Denken wir uns nun, wir hätten es zur astronomischen Kenntniss eines Muskels, einer Drüse, eines elektrischen oder Leucht-Organes in Verbindung mit den zugehörigen gereizten Nerven, einer Flimmerzelle, einer Pflanze, des Eies in Berührung mit dem Samen oder auf irgend einer Stufe der Entwickelung gebracht. Alsdann besässen wir also von diesen materiellen Systemen die vollkommenste uns mögliche Kenntniss, unser Causalitätsbedürfniss wäre soweit befriedigt, dass wir nur noch verlangten, das Wesen von Materie und Kraft selber zu begreifen. Muskelverkürzung, Absonderung in der Drüse, Schlag des elektrischen, Leuchten des Leucht-Organes, Flimmerbewegung, Wachsthum und Chemismus der Zellen in der Pflanze, Befruchtung und Entwickelung des Eies: alle diese jetzt noch fast hoffnungslos dunklen Vorgänge wären uns so durchsichtig, wie die Bewegungen der Planeten.

Machen wir dagegen dieselbe Voraussetzung astronomischer Kenntniss für das Gehirn des Menschen, oder auch nur für das Seelenorgan des niedersten Thieres, dessen geistige Thätigkeit auf Empfinden von Lust und Unlust oder auf Wahrnehmung einer Qualität sich beschränken mag, so wird zwar in Bezug auf alle darin stattfindenden materiellen Vorgänge unser Erkennen ebenso vollkommen sein und unser Causalitätsbedürfniss ebenso befriedigt sich fühlen, wie in Bezug auf Zuckung oder Absonderung bei astronomischer Kenntniss von Muskel und Drüse. Die unwillkürlichen und nicht nothwendig mit Empfindung verbundenen Wirkungen der Centraltheile, Reflexe, Mitbewegung, Athembewegungen, Tonus, der Stoffwechsel des Gehirnes und Rückenmarkes u. d. m. wären erschöpfend erkannt. Auch die mit geistigen Vorgängen der Zeit nach stets, also wohl nothwendig zusammenfallenden materiellen Vorgänge wären ebenso vollkommen durchschaut. Und es wäre natürlich ein hoher Triumph, wenn wir zu sagen wüssten, dass bei einem bestimmten geistigen Vorgang in bestimmten Ganglienzellen und Nervenfasern eine bestimmte Bewegung bestimmter Atome stattfinde. Es wäre grenzenlos interessant, wenn wir so mit geistigem Auge in uns hineinblickend die zu einem Rechenexempel gehörige Hirnmechanik sich abspielen sähen wie die Mechanik einer Rechenmaschine; oder wenn wir auch nur wüssten, welcher Tanz von Kohlenstoff-, Wasserstoff-, Stickstoff-, Sauerstoff-, Phosphor- und anderen Atomen der Seligkeit musikalischen Empfindens, welcher Wirbel solcher Atome dem Gipfel sinnlichen Geniessens, welcher Molecularsturm dem wüthenden Schmerz beim Misshandeln des N. trigeminus entspricht. Die Art des geistigen Vergnügens, welche die durch Fechner geschaffenen Anfänge der Psychophysik oder Donders' Messungen der Dauer einfacherer Seelenhandlungen uns bereiten, lässt uns ahnen, wie solche unverschleierte Einsicht in die materiellen Bedingungen geistiger Vorgänge uns erbauen würde. Für jetzt wissen wir noch nicht einmal, ob nur die graue, oder ob auch die weisse Gehirnsubstanz denkt, und ob einem bestimmten Seelenzustand eine bestimmte Lage oder eine bestimmte Bewegung von Hirnatomen oder -Molekeln entspricht.[31]

Was nun aber die geistigen Vorgänge selber betrifft, so zeigt sich, dass sie bei astronomischer Kenntniss des Seelenorgans uns ganz ebenso unbegreiflich wären, wie jetzt. Im Besitze dieser Kenntniss ständen wir vor ihnen wie heute als vor einem völlig Unvermittelten. Die astronomische Kenntniss des Gehirnes, die höchste, die wir davon erlangen können, enthüllt uns darin nichts als bewegte Materie. Durch keine zu ersinnende Anordnung oder Bewegung materieller Theilchen aber lässt sich eine Brücke in's Reich des Bewusstseins schlagen.

Bewegung kann nur Bewegung erzeugen, oder in potentielle Energie zurück sich verwandeln. Potentielle Energie kann nur Bewegung erzeugen, statisches Gleichgewicht erhalten, Druck oder Zug üben. Die Summe der Energie bleibt dabei stets dieselbe. Mehr als dies Gesetz bestimmt, kann in der Körperwelt nicht geschehen, auch nicht weniger; die mechanische Ursache geht rein auf in der mechanischen Wirkung. Die neben den materiellen Vorgängen im Gehirn einhergehenden geistigen Vorgänge entbehren also für unseren Verstand des zureichenden Grundes. Sie stehen ausserhalb des Causalgesetzes, und schon darum sind sie nicht zu verstehen,

---

[31] Vergl. meine Rede: Ueber die Uebung, in der Zweiten Folge der Reden u.s.w. S. 427. 428.

so wenig, wie ein *Mobile perpetuum* es wäre. Aber auch sonst sind sie unbegreiflich.

Es scheint zwar bei oberflächlicher Betrachtung, als könnten durch die Kenntniss der materiellen Vorgänge im Gehirn gewisse geistige Vorgänge und Anlagen uns verständlich werden. Ich rechne dahin das Gedächtniss, den Fluss und die Association der Vorstellungen, die Folgen der Uebung, die specifischen Talente u. d. m. Das geringste Nachdenken lehrt, dass dies Täuschung ist. Nur über gewisse innere Bedingungen des Geisteslebens, welche mit den äusseren durch die Sinneseindrücke gesetzten etwa gleichbedeutend sind, würden wir unterrichtet sein, nicht über das Zustandekommen des Geisteslebens durch diese Bedingungen.

Welche denkbare Verbindung besteht zwischen bestimmten Bewegungen bestimmter Atome in meinem Gehirn einerseits, andererseits den für mich ursprünglichen, nicht weiter definirbaren, nicht wegzuleugnenden Thatsachen: »Ich fühle Schmerz, fühle Lust, fühle warm, fühle kalt; ich schmecke Süsses, rieche Rosenduft, höre Orgelton, sehe Roth,« und der ebenso unmittelbar daraus fliessenden Gewissheit: »Also bin ich?«[32] Es ist eben durchaus und für immer unbegreiflich, dass es einer Anzahl von Kohlenstoff-, Wasserstoff-, Stickstoff-, Sauerstoff- u. s. w. Atomen nicht sollte gleichgültig sein, wie sie liegen und sich bewegen, wie sie lagen und sich bewegten, wie sie liegen und sich bewegen werden. Es ist in keiner Weise einzusehen, wie aus ihrem Zusammenwirken Bewusstsein entstehen könne.[33] Sollte ihre Lagerungs- und Bewe-

[32] Bei seinem » Je pense, donc je suis« verstand Descartes unter Denken ursprünglich einen Denkact im engeren Sinne (Discours de la Méthode in den Oeuvres de Descartes publiées par V. Cousin etc. t. I. p. 158). Doch erklärte er später, dass er auch einfache Sinnesempfindung damit meine. »Par le mot de penser, j'entends tout ce qui se fait en nous de telle sorte que nous l'apercevons immédiatement par nous mêmes, c'est pourquoi non seulement entendre, vouloir, imaginer, mais aussi sentir, est la même chose ici que penser.« (Principes de la Philosophie, ibidem, t. II. p. 67. - Vergl. auch Méditations, ibidem, t. I. p. 253).

[33] Vergl. unten S. 86 ff. Locke's ähnliche Betrachtungen in der von Leibniz ihnen ertheilten Form. Den hier von mir entwickelten Beweis, dass wir die geistigen Vorgänge aus ihren materiellen Bedingungen nie begreifen werden, habe ich seit Jahren in meinen öffentlichen Vorlesungen ›Ueber einige Ergebnisse der neueren

gungsweise ihnen nicht gleichgültig sein, so müsste man sie sich nach Art der Monaden schon einzeln mit Bewusstsein ausgestattet denken. Weder wäre damit das Bewusstsein überhaupt erklärt, noch für die Erklärung des einheitlichen Bewusstseins des Individuums das Mindeste gewonnen.

Es ist also grundsätzlich unmöglich, durch irgend eine mechanische Combination zu erklären, warum ein Accord König'scher Stimmgabeln mir wohl-,[34] und warum Berührung mit glühendem Eisen mir wehthut. Kein mathematisch überlegender Verstand könnte aus astronomischer Kenntniss des materiellen Geschehens in beiden Fällen *a priori* bestimmen, welcher der angenehme und welcher der schmerzhafte Vorgang sei. Dass es vollends unmöglich sei, und stets bleiben werde, höhere geistige Vorgänge aus der als bekannt vorausgesetzten Mechanik der Hirnatome zu verstehen, bedarf nicht der Ausführung. Doch ist, wie schon bemerkt, gar nicht nöthig, zu höheren Formen geistiger Thätigkeit zu greifen, um das Gewicht unserer Betrachtung zu verstärken. Sie gewinnt gerade an Eindringlichkeit durch den Gegensatz zwischen der vollständigen Unwissenheit, in welcher astronomische Kenntniss des Gehirnes uns über das Zustandekommen auch der niedersten geistigen Vorgänge liesse, und der durch solche Kenntniss gewährten ebenso vollständigen Enträthselung der höchsten Probleme der Körperwelt.

Naturforschung‹ vorgetragen, und auch gesprächsweise mitgetheilt. In einer bei der Britischen Naturforscher-Versammlung zu Norwich 1868 gehaltenen Rede hatte mein Freund, Prof. Tyndall, sich auch schon in ähnlicher Weise geäussert (Scope and Limit of Scientific Materialism, in: Fragments of Science etc. London 1871. p. 121; – Sixth Edition, vol. II. p. 87). Doch vermisse ich in seinem Gedankengange den Begriff des Laplace'schen Geistes als Grenze des menschlichen Erkennens, und da er die Möglichkeit einer weiteren Vervollkommnung unseres Geschlechtes in Aussicht nimmt, entsprechend sogar der vom Iguanodon und seinen Zeitgenossen zur heutigen Menschheit, so bleibt er bei dem ›Ignoramus‹ stehen, anstatt gleich mir zum ›Ignorabimus‹ fortzuschreiten. (Vergl. unten S. 90.)

[34] Vergl. meine Rede über Leibnizische Gedanken in der neueren Naturwissenschaft, in den Monatsberichten der Akademie u.s.w. 1870. S.849; – auch in den Reden u.s.w. Erste Folge. S. 49. – Vergl. ferner unten S. 89. 36 (S. 44.) Untersuchungen über thierische Elektricität. Bd. I. Berlin 1848. Vorrede. S. XXXV. XXXVI; – Reden u.s.w. Zweite Folge. S. 9. 10. – Vergl. unten S. 91 ff.

Ein aus irgend einem Grunde bewusstloses, z. B. ohne Traum schlafendes Gehirn, astronomisch durchschaut, enthielte kein Geheimniss mehr, und bei astronomischer Kenntniss auch des übrigen Körpers wäre die ganze menschliche Maschine, mit ihrem Athmen, ihrem Herzschlag, ihrem Stoffwechsel, ihrer Wärme, u. s. f., bis auf das Wesen von Materie und Kraft völlig entziffert. Der traumlos Schlafende ist begreiflich, so weit wie die Welt, ehe es Bewusstsein gab. Wie aber mit der ersten Regung von Bewusstsein die Welt doppelt unbegreiflich ward, so wird auch der Schläfer es wieder mit dem ersten ihm dämmernden Traumbild.

Der unlösliche Widerspruch, in welchem die mechanische Weltanschauung mit der Willensfreiheit, und dadurch unmittelbar mit der Ethik steht, ist sicher von grosser Bedeutung. Der Scharfsinn der Denker aller Zeiten hat sich daran erschöpft, und wird fortfahren, daran sich zu üben. Abgesehen davon, dass Freiheit sich leugnen lässt, Schmerz und Lust nicht, geht dem Begehren, welches den Anstoss zum Handeln und somit erst Gelegenheit zum Thun oder Lassen giebt, nothwendig Sinnesempfindung voraus. Es ist also das Problem der Sinnesempfindung, und nicht, wie ich einst sagte, das der Willensfreiheit, bis zu dem die analytische Mechanik reicht.

Damit ist die andere Grenze unseres Naturerkennens bezeichnet. Nicht minder als die erste ist sie eine unbedingte. Nicht mehr als im Verstehen von Kraft und Materie hat im Herleiten geistiger Vorgänge aus materiellen Bedingungen die Menschheit seit zweitausend Jahren, trotz allen Entdeckungen der Naturwissenschaft, einen wesentlichen Fortschritt gemacht. Sie wird es nie. Sogar der Laplace'sche Geist mit seiner Weltformel gliche in seinen Anstrengungen, über diese Schranke sich fortzuheben, einem nach dem Monde trachtenden Luftschiffer. In seiner aus bewegter Materie aufgebauten Welt regen sich zwar die Hirnmolekeln wie in stummem Spiel. Er übersieht ihre Schaaren, er durchschaut ihre Verschränkungen, und Erfahrung lehrt ihn ihre Geberde dahin auslegen, dass sie diesem oder jenem geistigen Vorgang entspreche; aber warum sie dies thue, weiss er nicht. Zwischen bestimmter Lage und Bewegung gewisser Atome eigenschaftsloser Materie in der Sehsinnsubstanz und dem Sehen ist so wenig Beziehung wie zwischen einem ähnlichen Hergang in der Gehörsinnsubstanz und dem Hören, einem dritten in der Geruchsinnsubstanz und dem Riechen,

u. s. w., und darum bleibt, wie wir vorhin sahen, die objective Welt des *Laplace*'schen Geistes eigenschaftslos.[35]

An ihm haben wir das Maass unserer eigenen Befähigung oder vielmehr unserer Ohnmacht. Unser Naturerkennen ist also eingeschlossen zwischen den beiden Grenzen, welche die Unfähigkeit, einerseits Materie und Kraft zu verstehen, andererseits geistige Vorgänge aus materiellen Bedingungen herzuleiten, ihm ewig steckt. Innerhalb dieser Grenzen ist der Naturforscher Herr und Meister, zergliedert er und baut er auf, und Niemand weiss, wo die Schranke seines Wissens und seiner Macht liegt; über diese Grenzen hinaus kann er nicht, und wird er niemals können.

Je unbedingter aber der Naturforscher die ihm gesteckten Grenzen anerkennt, und je demüthiger er in seine Unwissenheit sich schickt, um so tiefer fühlt er das Recht, mit voller Freiheit, unbeirrt durch Mythen, Dogmen und alterstolze Philosopheme, auf dem Wege der Induction seine eigene Meinung über die Beziehung zwischen Geist und Materie sich zu bilden.[36]

Er sieht in tausend Fällen materielle Bedingungen das Geistesleben beeinflussen. Seinem unbefangenen Blicke zeigt sich kein Grund zu bezweifeln, dass wirklich die Sinneseindrücke sich der sogenannten Seele mittheilen. Er sieht den menschlichen Geist gleichsam mit dem Gehirne wachsen, und, nach der empiristischen Theorie, die wesentlichen Formen seines Denkens sogar erst durch äussere Wahrnehmungen sich aneignen. Im Schlaf und Traum; in der Ohnmacht, dem Rausch und der Narkose; in der Epilepsie, dem Wahn- und Blödsinn, dem Cretinismus und der Mikrocephalie; in der Inanition, dem Fieber, dem Delirium, der Entzündung des Gehirns und seiner Häute, genug in unzähligen theils noch in die Brei-

---

[35] Ich hoffe durch Aenderung des Textes die in den drei ersten Auflagen hier vorhandene, von Fr. Alb. Lange in seiner vortrefflichen Besprechung der ›Grenzen‹ bemerkte Dunkelheit beseitigt zu haben (Geschichte des Materialismus und Kritik seiner Bedeutung in der Gegenwart. 2. Aufl. 2. Buch. Iserlohn 1875. S. 158 ff.).

[36] In der Rede über La Mettrie (Monatsberichte u.s.w. 1875. S. 101. 102; – Reden u.s.w. Erste Folge. S. 197. 198) zeigte ich, dass wohl er zuerst den geistigen Erscheinungen gegenüber auf den Standpunkt des inductiven Naturforschers sich stellte.

te der Gesundheit fallenden, theils krankhaften Zuständen zeigt sich dem Naturforscher die geistige Thätigkeit abhängig von der dauernden oder vorübergehenden Beschaffenheit des Seelenorgans. Durch kein theologisches Vorurtheil wird er wie Descartes verhindert, in den Thierseelen der Menschenseele verwandte, stufenweise minder vollkommene Glieder einer und derselben Entwickelungsreihe zu erblicken. Vielmehr halten bei den Wirbelthieren die Hirntheile, in welche auch physiologische Versuche und pathologische Erfahrungen den Sitz höherer Geistesthätigkeit verlegen, ihrer Entwickelung nach gleichen Schritt mit der Steigerung dieser Thätigkeit. Wo von den anthropoiden Affen zum Menschen die geistige Befähigung den durch den Besitz der Sprache bezeichneten Sprung macht, findet sich ein entsprechender Sprung der Hirnmasse vor. Die verschiedene Anordnung derselben Elementartheile, Ganglienzellen und Nervenfasern, bei Wirbelthieren und Wirbellosen belehrt aber den Naturforscher, dass es hier wie bei anderen Organen weniger auf die Architektur, als auf die Structurelemente ankommt. Mit ehrfurchtsvollem Staunen betrachtet er das mikroskopische Klümpchen Nervensubstanz, welches der Sitz der arbeitsamen, baulustigen, ordnungliebenden, pflichttreuen, tapferen Ameisenseele ist.[37] Endlich die Descendenztheorie im Verein mit der Lehre von der natürlichen Zuchtwahl drängt ihm die Vermuthung auf, dass die Seele als allmähliches Ergebniss gewisser materieller Combinationen entstanden und vielleicht gleich anderen erblichen, im Kampf um's Dasein dem Einzelwesen nützlichen Gaben durch eine zahllose Reihe von Geschlechtern sich gesteigert und vervollkommnet habe.[38]

Wenn nun die alten Denker jede Wechselwirkung zwischen Leib und Seele, wie sie letztere sich vorstellten, als unverständlich und unmöglich erkannten, und wenn nur durch praestabilirte Harmonie das Räthsel des dennoch stattfindenden Zusammengehens beider Substanzen zu lösen ist, so wird wohl die Vorstellung, die sie, in Schulbegriffen befangen, von der Seele sich machten, falsch gewesen sein. Die Nothwendigkeit einer der Wirklichkeit so offenbar zuwiderlaufenden Schlussfolge ist gleichsam ein apagogischer Be-

---

[37] Charles Darwin, The Descent of Man etc. London 1871. vol. I. p. 145.

[38] Journal de l'École Polytechnique. XIII e Cahier. t. VI. 1806. p. 63, 106.

weis gegen die Richtigkeit der dazu führenden Voraussetzung. Um bei dem ›Uhrengleichniss‹ stehen zu bleiben, sollte nicht die einfachste Lösung der Aufgabe die von Leibniz vorweg verworfene[39] vierte Möglichkeit sein, dass die beiden Uhren, deren Zusammengehen erklärt werden soll, im Grunde nur eine sind? Ob wir die geistigen Vorgänge aus materiellen Bedingungen je begreifen werden, ist eine Frage ganz verschieden von der, ob diese Vorgänge das Erzeugniss materieller Bedingungen sind. Jene Frage kann verneint werden, ohne dass über diese etwas ausgemacht, geschweige auch sie verneint würde.

An der oben angeführten Stelle sagt *Leibniz*, der dem menschlichen Geist unvergleichlich überlegene, aber endliche Geist, dem er Sinne und technisches Vermögen von entsprechender Vollkommenheit zuschreibt, könnte einen Körper bilden, der die Handlungen eines Menschen nachmachte. Dass er einen Menschen bilden könnte, sagt er offenbar deshalb nicht, weil in seinem Sinne dem Automaten von Fleisch und Bein, den er, wie Descartes die Thiere, sich seelenlos vorstellt, zum Menschen noch die mechanisch unfassbare Seelenmonade fehlen würde. Unsere Vorstellung von der Beziehung zwischen Materie und Geist wird aber durch etwas weitere Ausführung dieser *Leibniz*ischen Fiction besonders klar. Man denke sich alle Atome, aus denen Caesar in einem gegebenen Augenblick, am Rubicon etwa, bestand, durch mechanische Kunst mit Einem Schlage jedes an seinen Ort gebracht und mit seiner Geschwindigkeit im richtigen Sinne versehen. Nach unserer Anschauung wäre dann Caesar geistig wie körperlich wieder hergestellt. Der künstliche *Caesar* hätte im ersten Augenblick dieselben Empfindungen, Strebungen, Vorstellungen wie sein Vorbild am Rubicon und theilte mit ihm seine Gedächtnissbilder, ererbten und erworbenen

---

[39] In den ›Elementen der Psychophysik‹, Th. I. Leipzig 1860. S. 5 bespricht Fechner das Uhrengleichniss und sagt: »Leibniz hat eine Ansicht vergessen, und zwar die einfachstmögliche. Die Uhren können auch harmonisch mit einander gehen, ja gar niemals aus einander gehen, weil sie gar nicht zwei verschiedene Uhren sind.« In den drei ersten Auflagen war dies Vergessen von Leibniz im Text erwähnt. Hr. Dr. Berthold machte mich aber darauf aufmerksam, dass Fechner's Bemerkung Leibniz insofern Unrecht thut, als dieser jene vierte Möglichkeit nicht vergass, vielmehr sie wiederholt ausdrücklich zurückwies: daher er sie später nicht wieder als eine der in Betracht kommenden Lösungen erwähnt. G.G. Leibnitii Opera philosophica etc. p. 126 No. 11. - p. 131.

Fähigkeiten u. s. f. Man denke sich das gleiche Kunststück zu gleicher oder auch zu verschiedener Zeit mit einer gleichen Zahl anderer Kohlenstoff-, Wasserstoff- u. s. w. Atome ein, zwei, mehrere Mal ausgeführt. Worin sonst unterschieden sich im ersten Augenblick der neue Caesar und seine Doppelgänger, als in dem Ort, an dem sie wären zusammengesetzt worden? Aber der von Leibniz gedachte Geist, der den neuen *Caesar* und seine mehreren *Sosia* gebildet hätte, verstände gleichwohl nicht, wie die von ihm selber richtig angeordneten und im richtigen Sinne mit der richtigen Geschwindigkeit fortgeschnellten Atome deren Seelenthätigkeit vermitteln.

Man erinnert sich Hrn. *Carl Vogt's* kecker Behauptung, welche in den fünfziger Jahren zu einer Art von Turnier um die Seele Anlass gab: »dass alle jene Fähigkeiten, die wir unter dem Namen Seelenthätigkeiten begreifen, nur Functionen des Gehirns sind, oder, um es einigermaassen grob auszudrücken, dass die Gedanken etwa in demselben Verhältnisse zum Gehirn stehen, wie die Galle zu der Leber oder der Urin zu den Nieren.«[40] Die Laien stiessen sich an diesem Vergleiche, der im Wesentlichen schon bei *Cabanis* sich findet,[41] weil ihnen die Zusammenstellung der Gedanken mit der Absonderung der Nieren entwürdigend schien. Die Physiologie kennt indess solche aesthetischen Rangunterschiede nicht. Ihr ist die Nierenabsonderung ein wissenschaftlicher Gegenstand von ganz gleicher Würde mit der Erforschung des Auges oder Herzens oder sonst eines der gewöhnlich sogenannten edleren Organe. Auch das ist am ›Secretionsgleichniss‹ schwerlich zu tadeln, dass darin die Seelenthätigkeit als Erzeugniss der materiellen Bedingungen im Gehirn hingestellt wird. Fehlerhaft dagegen erscheint, dass es die Vorstellung erweckt, als sei die Seelenthätigkeit aus dem Bau des Gehirnes ihrer Natur nach so begreiflich, wie bei hinreichend vor-

---

[40] Physiologische Briefe für Gebildete aller Stände. Giessen 1847. S.206; - Köhlerglaube und Wissenschaft. 3.Auflage. Giessen 1855. S.32.

[41] Cabanis, Rapports du Physique et du Moral de l'Homme. Seconde Éd. Paris 1805. t.I.p.152 et suiv.; - vergl. Jürgen Bona Meyer, Philosophische Zeitfragen u.s.w. Bonn 1874. S.196; - Lange, Geschichte des Materialismus u.s.w. 2.Buch. 1875. S.134. Anm.44. S.288. Anm.3.- Hr. Dr. Berthold ist dem Ursprünge des Secretionsgleichnisses seitdem noch weiter nachgegangen, und hat es merkwürdigerweise bis zu einer abfälligen Aeusserung Friedrich's II. darüber in einem Brief an Voltaire zurückverfolgt. Monatsberichte u.s.w. 1877. S.765.

geschrittener Kenntniss die Absonderung aus dem Bau der Drüse es sein würde.

Wo es an den materiellen Bedingungen für geistige Thätigkeit in Gestalt eines Nervensystemes gebricht, wie in den Pflanzen, kann der Naturforscher ein Seelenleben nicht zugeben, und nur selten stösst er hierin auf Widerspruch. Was aber wäre ihm zu erwidern, wenn er, bevor er in die Annahme einer Weltseele willigte, verlangte, dass ihm irgendwo in der Welt, in Neuroglia gebettet, mit warmem arteriellem Blut unter richtigem Drucke gespeist, und mit angemessenen Sinnesnerven und Organen versehen, ein dem geistigen Vermögen solcher Seele an Umfang entsprechendes Convolut von Ganglienzellen und Nervenfasern gezeigt würde?

Schliesslich entsteht die Frage, ob die beiden Grenzen unseres Naturerkennens nicht vielleicht die nämlichen seien, d. h. ob, wenn wir das Wesen von Materie und Kraft begriffen, wir nicht auch verständen, wie die ihnen zu Grunde liegende Substanz unter bestimmten Bedingungen empfindet, begehrt und denkt. Freilich ist diese Vorstellung die einfachste, und nach bekannten Forschungsgrundsätzen bis zu ihrer Widerlegung der vorzuziehen, wonach, wie vorhin gesagt wurde, die Welt doppelt unbegreiflich erscheint. Aber es liegt in der Natur der Dinge, dass wir auch in diesem Punkte nicht zur Klarheit kommen, und alles weitere Reden darüber bleibt müssig.

Gegenüber den Räthseln der Körperwelt ist der Naturforscher längst gewöhnt, mit männlicher Entsagung sein ›*Ignoramus*‹[42] auszusprechen. Im Rückblick auf die durchlaufene siegreiche Bahn trägt ihn dabei das stille Bewusstsein, dass, wo er jetzt nicht weiss, er wenigstens unter Umständen wissen könnte, und dereinst vielleicht wissen wird. Gegenüber dem Räthsel aber, was Materie und Kraft seien, und wie sie zu denken vermögen, muss er ein für alle-

[42] Ignoramus‹ war die Formel der Geschworenen Altenglands im Fall ihrer Unentschiedenheit, ob eine Anklage begründet oder unbegründet sei. Vergl. die Gedächtnissrede auf Johannes Müller in den Abhandlungen der Akademie u.s.w. 1857. Berlin 1860. 40° S. 86; – Reden u.s.w. Zweite Folge. S.215; – Büchmann, Geflügelte Worte u.s.w. Fortgesetzt von Walter Robert-Tornow. 16.Aufl. 1889. S.437. 438.

mal zu dem viel schwerer abzugebenden Wahrspruch sich entschliessen:

›Ignorabimus‹.

Die sieben Welträthsel

Vortrag
gehalten in der öffentlichen Sitzung der
Königlichen Akademie der Wissenschaften zu Berlin
zur Feier des Leibnizischen Jahrestages am 8. Juli 1880.

Je ratifie aujourd'hui cette confession avec d'autant plus d'empressement, qu'ayant depuis ce temps beaucoup plus lu, beaucoup plus médité, et étant plus instruit, je suis plus en état d'affirmer que je ne sais rien. Dictionnaire philosophique. J'ose dire pourtant que je n'ai mérité Ni cet excès d'honneur, ni cette indignité.
Britannicus.

Achter Abdruck.

Als ich vor acht Jahren übernommen hatte, in öffentlicher Sitzung der Versammlung Deutscher Naturforscher und Aerzte einen Vortrag zu halten, zögerte ich lange, bis ich mich entschloss, die Grenzen des Naturerkennens zu meinem Gegenstande zu wählen. Die Unmöglichkeit, einerseits das Wesen von Materie und Kraft zu begreifen, andererseits das Bewusstsein auch auf niederster Stufe mechanisch zu erklären, erschien mir eigentlich als triviale Wahrheit. Dass man mit Atomistik, Dynamistik, stetiger Ausfüllung des Raumes in gleicher Weise in die Brüche gerathe, ist eine alte Erfahrung, an welcher keine Entdeckung der Naturwissenschaft etwas zu ändern vermochte. Dass durch keine Anordnung und Bewegung von Materie auch nur einfachste Sinnesempfindung verständlich werde, haben längst vortreffliche Denker erkannt. Wohl wusste ich, dass über letzteren Punkt falsche Begriffe weit verbreitet seien; fast aber schämte ich mich, den Deutschen Naturforschern so abgestandenen Trunk zu schenken, und nur durch die Neuheit meiner Beweisführung hoffte ich Theilnahme zu erwecken.

Der Empfang, der meiner Auseinandersetzung wurde, zeigte mir, dass ich mich in der Sachlage getäuscht hatte. Dem anfangs kühl aufgenommenen Vortrage widerfuhr bald die Ehre, Gegenstand zahlreicher Besprechungen zu werden, in denen eine grosse Mannigfaltigkeit von Standpunkten sich kundgab. Die Kritik schlug alle Töne vom freudig zustimmenden Lobe bis zum wegwerfendsten Tadel an, und das Wort *Ignorabimus*‹, in welchem meine Untersuchung gipfelte, ward förmlich zu einer Art von naturphilosophischem Schiboleth.

Die durch meinen Vortrag in der deutschen Welt hervorgebrachte Erregung lässt die philosophische Bildung der Nation, auf welche wir gewohnt sind, uns etwas zu Gute zu thun, in keinem günstigen Licht erscheinen. So schmeichelhaft es mir war, meine Darlegung als *Kant*'sche That gepriesen zu sehen, ich muss diesen Ruhm zurückweisen. Wie bemerkt, meine Aufstellungen enthielten Nichts, was bei einiger Belesenheit in älteren philosophischen Schriften nicht Jedem bekannt sein konnte, der sich darum kümmerte. Aber seit der Umgestaltung der Philosophie durch Kant hat diese Disciplin einen so esoterischen Charakter angenommen; sie hat die Sprache des gemeinen Menschenverstandes und der schlichten Ueberlegung so verlernt; sie ist den Fragen, die den unbefangenen Jünger am tiefsten bewegen, so weit ausgewichen, oder sie hat sie so sehr von oben herab als unberufene Zumuthungen behandelt; sie hat sich endlich der neben ihr emporwachsenden neuen Weltmacht, der Naturwissenschaft, lange so feindselig gegenübergestellt: dass nicht zu verwundern ist, wenn, namentlich unter Naturforschern, das Andenken selbst an ganz thatsächliche Ergebnisse aus früheren Tagen der Philosophie verloren ging.

Einen Theil der Schuld trägt wohl der Umstand, dass die neuere Philosophie zur positiven Religion meist in einem negirenden, mindestens in keinem klaren Verhältniss sich befand, und dass sie, bewusst oder unbewusst, vermied, sich über gewisse Fragen unumwunden auszusprechen, wie dies beispielsweise Leibniz konnte, welcher vor keinem Kirchentribunal etwas zu verbergen gehabt hätte. Die Philosophie soll hier dafür weder gelobt noch getadelt werden; aber so kommt es, dass bei den Philosophen von der Mitte des vorigen Jahrhunderts an die packendsten Probleme der Metaphysik sich nicht unverhohlen, wenigstens nicht in einer dem inductiven Naturforscher zusagenden Sprache, aufgestellt und erörtert finden. Auch das möchte einer der Gründe sein, warum die Philosophie so vielfach als gegenstandslos und unerspriesslich bei Seite geschoben wird, und warum jetzt, wo die Naturwissenschaft selber an manchen Punkten beim Philosophiren angelangt ist,; oft solch ein Mangel an Vorbegriffen, solche Unwissenheit im wirklich Geleisteten sich zeigt.

Denn während von der einen Seite mein Verdienst weit überschätzt wurde, rief man von der anderen Anathema über mich, weil ich dem menschlichen Erkenntnissvermögen unübersteigliche Grenzen zog. Man konnte nicht begreifen, warum nicht das Bewusstsein in derselben Art verständlich sein sollte, wie Wärmeentwickelung bei chemischer Verbindung, oder Elektricitätserregung in der galvanischen Kette. Schuster verliessen ihren Leisten und rümpften die Nase über das fast nach consistorialräthlicher Demuth schmeckende Bekenntniss des › *Ignorabimus*‹, wodurch das Nichtwissen in Permanenz erklärt werde«. Fanatiker dieser Richtung, die es besser wissen konnten, denuncirten mich als zur schwarzen Bande gehörig, und zeigten aufs Neue, wie nah bei einander Despotismus und äusserster Radicalismus wohnen.[43] Gemässigtere Köpfe verriethen doch bei dieser Gelegenheit, dass es mit ihrer Dialektik schwach bestellt sei. Sie glaubten etwas Anderes zu sagen als ich, wenn sie meinem › *Ignorabimus*‹ ein ›Wir werden wissen‹ unter der Bedingung entgegensetzten, dass wir als endliche Menschen, die wir sind, uns mit menschlicher Einsicht bescheiden«. Oder sie vermochten nicht den Unterschied zu erfassen zwischen der Behauptung, die ich widerlegte: Bewusstsein kann mechanisch erklärt werden, und der Behauptung, die ich nicht bezweifelt, vielmehr durch zahlreiche Gründe gestützt hatte: Bewusstsein ist an materielle Vorgänge gebunden.

---

[43] Dieses › Ignorabimus‹ ist dasselbe, welches die Berliner Biologie dem fortschreitenden Entwickelungsgange der Wissenschaft als Riegel vorschieben will. Dieses scheinbar demüthige, in der That aber vermessene › Ignorabimus‹ ist das › Ignoratis‹ des unfehlbaren Vaticans und der von ihm angeführten ›schwarzen Internationale‹, jener unheilbrütenden Schaar, mit welcher der moderne Culturstaat jetzt endlich, endlich den ernsten ›Culturkampf‹ begonnen hat. In diesem Geisteskampfe ... stehen auf der einen Seite unter dem lichten Banner der Wissenschaft: Geistesfreiheit und Wahrheit ..., auf der anderen Seite unter der schwarzen Fahne der Hierarchie: Geistesknechtschaft und Lüge ...« Ernst Haeckel, Anthropogenie oder Entwickelungsgeschichte des Menschen. Leipzig 1874. S. XII ff.; – dritte Auflage. 1877. S. XV ff.

Schärfer sah *David Friedrich Strauss*. Der grosse Kritiker hatte spät die Wandlung durchgemacht, welche gewisse Naturen früher nicht selten in der Jugend rasch durchliefen, vom theologischen Studium zur Naturwissenschaft. Der Naturforscher von Fach mag von den Auseinandersetzungen zweiter Hand gering denken, in denen der Verfasser ›des alten und des neuen Glaubens‹ vielleicht etwas zu sehr sich gefällt. Dem Ethiker, Juristen, Lehrer, Arzte mag die etwas gewaltsame Folgerichtigkeit bedenklich scheinen, mit welcher *Strauss* seine Weltanschauung in's Leben einzuführen versucht. Wenn ich selber einmal an dieser Stelle mich in diesem Sinn gegen ihn wandte, so bewundere ich nicht minder die Geisteskraft und Charakterstärke, welche diesen zugleich künstlerisch so begabten Meister des Gedankens in die Mitte der alten Welträthsel trugen, die er freilich auch nicht löst, aber doch ohne jede irdische Scheu beim Namen nennt.

Strauss entging es nicht, dass ich mich den geistigen Vorgängen gegenüber durchaus auf den Standpunkt des inductiven Naturforschers gestellt hatte, der den Process nicht vom Substrat trennt, an welchem er den Process kennen lernte, und der an das Dasein des vom Substrat gelösten Processes ohne zureichenden Grund nicht glaubt. Etwas erfahrener in verschlungenen Gedankenwegen, und an abstractere Ausdrucksweise gewöhnt, verstand er natürlich den Unterschied zwischen jenen beiden Behauptungen. *Strauss* und *Lange*, der zu früh der Wissenschaft entrissene Verfasser der ›Geschichte des Materialismus‹, überhoben mich der Mühe, den Jubel derer, welche in mir einen Vorkämpfer des Dualismus erstanden wähnten, mit dem Spruche niederzuschlagen: »Und wer mich nicht verstehen kann, der lerne besser lesen«.

Aber auch *Strauss* tadelte merkwürdigerweise meinen Satz von der Unbegreiflichkeit des Bewusstseins aus mechanischen Gründen. Er sagt: »Drei Punkte sind es bekanntlich in der aufsteigenden Entwickelung der Natur, an denen vorzugsweise der Schein des Unbegreiflichen haftet. Es sind die drei Fragen: wie ist das Lebendige aus dem Leblosen, wie das Empfindende aus dem Empfindungslosen, wie das Vernünftige aus dem Vernunftlosen hervorgegangen? Der Verfasser der ›Grenzen des Naturerkennens‹ hält das erste der drei Probleme, A, den Hervorgang des Lebens, für lösbar. Die Lösung des dritten Problems, C, der Intelligenz und Willensfreiheit, bahnt er sich, wie es scheint, dadurch an, dass er es im engsten Zusammenhange mit dem zweiten, die Vernunft nur als höchste Stufe des schon mit der Empfindung gegebenen Bewusstseins fasst. Das zweite Problem, B, das der Empfindung, hält er dagegen für unlösbar. Ich gestehe, mir könnte noch eher einleuchten, wenn Einer sagte: unerklärlich ist und bleibt A, nämlich das Leben; ist aber einmal das gegeben, so folgt von selber, d.h. mittels natürlicher Entwickelung, B und C, nämlich Empfinden und Denken. Oder meinetwegen auch umgekehrt: A und B lassen sich noch begreifen, aber am C, am Selbstbewusstsein, reisst unser Verständniss ab. Beides, wie gesagt, erschiene mir noch annehmlicher, als dass gerade die mittlere Station allein die unpassirbare sein soll.«

So weit *Strauss*. Ich bedauere es aussprechen zu müssen, aber er hat den Nerven meiner Betrachtung nicht erfasst. Ich nannte astronomische Kenntniss eines materiellen Systemes solche Kenntniss, wie wir sie vom Planetensystem hätten, wenn alle Beobachtungen unbedingt richtig, alle Schwierigkeiten der Theorie völlig besiegt wären. Besässen wir astronomische Kenntniss dessen, was innerhalb eines noch so räthselhaften Organes des Thier- oder Pflanzenleibes vorgeht, so wäre in Bezug auf dies Organ unser Causalitätsbedürfniss so befriedigt, wie in Bezug auf das Planetensystem, d.h. soweit es die Natur unseres Intellectes gestattet, welches von vornherein am Begreifen von Materie und Kraft scheitert. Besässen wir dagegen astronomische Kenntniss dessen, was innerhalb des Gehirnes vorgeht, so wären wir in Bezug auf das Zustandekommen des Bewusstseins nicht um ein Haar breit gefördert. Auch im Besitze der Weltformel jener dem unsrigen so unermesslich überlegene, aber doch ähnliche *Laplace*'sche Geist wäre hierin nicht klüger als wir; ja nach *Leibniz*' Fiction mit solcher Technik ausgerüstet, dass er Atom für Atom, Molekel für Molekel, einen Homunculus zusammensetzen könnte, würde er ihn zwar denkend machen, aber nicht begreifen, wie er dächte.[44]

Die erste Entstehung des Lebens hat an sich mit dem Bewusstsein nichts zu schaffen. Es handelt sich dabei nur um Anordnung von

---

44 Ein Nachwort als Vorwort zu den neuen Auflagen meiner Schrift: ›Der alte und der neue Glaube‹.« Gesammelte Schriften von David Friedrich Strauss u.s.w. Eingeleitet u.s.w. von Eduard Zeller. Bd. VI. Bonn 1876. S. 267.

Atomen und Molekeln, um Einleitung gewisser Bewegungen. Folglich ist nicht bloss astronomische Kenntniss dessen denkbar, was man Urzeugung, *Generatio spontanea seu aequivoca*, neuerlich Abiogenese oder Heterogenie nennt, sondern diese astronomische Kenntniss würde auch in Bezug auf die erste Entstehung des Lebens unser Causalitätsbedürfniss ebenso befriedigen, wie in Bezug auf die Bewegungen der Himmelskörper.

Das ist der Grund, weshalb, um mit Strauss zu reden, »in der aufsteigenden Entwickelung der Natur« der Hiat für unser Verständniss noch nicht am Punkt A eintrifft, sondern erst am Punkte B. Uebrigens habe ich keinesweges behauptet, dass mit gegebener Empfindung jede höhere Stufe geistiger Entwickelung verständlich, das Problem C ohne Weiteres lösbar sei. Ich legte auf die mechanische Unbegreiflichkeit auch der einfachsten Sinnesempfindung nur deshalb so grosses Gewicht, weil daraus die Unbegreiflichkeit aller höheren geistigen Processe erst recht, durch ein *Argumentum a fortiori*, folgt.

Zwar erscheint die erste Entstehung des Lebens jetzt in noch tieferes Dunkel gehüllt, als da man noch hoffen durfte, Lebendiges aus Todtem im Laboratorium, unter dem Mikroskop, hervorgehen zu sehen. In Hrn. Pasteur's Versuchen ist die Heterogenie wohl für lange, wenn nicht für immer, der Panspermie unterlegen: wo man glaubte, dass Leben entstehe, entwickelten sich schon vorhandene Lebenskeime. Und doch haben die Dinge so sich gewendet, dass, wer nicht auf ganz kindlichem Standpunkte verharrt, logisch gezwungen werden kann, mechanische Entstehung des Lebens zuzugeben. Dem geologischen Actualismus und der Descendenztheorie gegenüber wird sich kaum noch ein ernster Verfechter der Lehre von den Schöpfungsperioden finden, nach welcher die schaffende Allmacht stets von Neuem ihr Werk vernichten sollte, um es, gleich einem stümperhaften Künstler, stets von Neuem, in einem Punkte besser, in einem anderen vielleicht schlechter, von vorn wieder anzufangen. Auch wer an Endursachen glaubt, wird eingestehen, dass solches Beginnen wenig würdig der schaffenden Allmacht erscheine. Ihr geziemt, durch supernaturalistischen Eingriff in die Weltmechanik höchstens einmal einfachste Lebenskeime in's Dasein zu rufen, aber so ausgestattet, dass aus ihnen, ohne Nachhülfe, die heutige organische Schöpfung werde. Wird dies zugestanden, so ist die weitere Frage erlaubt, ob es nun nicht wieder der schaffenden Allmacht würdiger sei, auch jenes einmaligen Eingriffes in von ihr selber gegebene Gesetze sich zu entschlagen, und die Materie gleich von vorn herein mit solchen Kräften auszurüsten, dass unter geeigneten Umständen auf Erden, auf anderen Himmelskörpern, Lebenskeime ohne Nachhülfe entstehen mussten? Dies zu verneinen giebt es keinen Grund; damit ist aber auch zugestanden, dass rein mechanisch Leben entstehen könne, und nun wird es sich nur noch darum handeln, ob die Materie, die sich rein mechanisch zu Lebendigem zusammenfügen kann, stets da war, oder ob sie, wie Leibniz meinte, erst von Gott geschaffen wurde.

Dass astronomische Kenntniss des Gehirnes uns das Bewusstsein aus mechanischen Gründen nicht verständlicher machen würde als heute, schloss ich daraus, dass es einer Anzahl von Kohlenstoff-, Wasserstoff-, Stickstoff-, Sauerstoff- u.s.w. Atomen gleichgültig sein müsse, wie sie liegen und sich bewegen, es sei denn, dass sie schon einzeln Bewusstsein hätten, womit weder das Bewusstsein überhaupt, noch das einheitliche Bewusstsein des Gesammthirnes erklärt würde.

Ich hielt diese Schlussfolgerung für völlig überzeugend. David Friedrich Strauss meint, am Ende könne doch nur die Zeit darüber entscheiden, ob dies wirklich das letzte Wort in der Sache sei. Das ist es nun freilich nicht geblieben, sofern Hr. Haeckel die von mir behufs der *Reductio ad absurdum* gemachte Annahme, dass die Atome einzeln Bewusstsein haben, umgekehrt als metaphysisches Axiom hinstellte. »Jedes Atom,« sagt er, »besitzt eine inhärente Summe von Kraft, und ist in diesem Sinne ›beseelt‹. Ohne die Annahme einer ›Atom-Seele‹ sind die gewöhnlichsten und allgemeinsten Erscheinungen der Chemie unerklärlich. Lust und Unlust, Begierde und Abneigung, Anziehung und Abstossung müssen allen Massen-Atomen gemeinsam sein; denn die Bewegungen der Atome, die bei Bildung und Auflösung einer jeden chemischen Verbindung stattfinden müssen, sind nur erklärbar, wenn wir ihnen *Empfindung* und *Willen* beilegen ... Wenn der ›Wille‹ des Menschen und der höheren Thiere frei erscheint im Gegensatz zu dem ›festen‹ Willen der Atome, so ist das eine Täuschung, hervorgerufen durch die höchst verwickelte Willensbewegung der ersteren im Gegensatze zu der höchst einfachen Willensbewegung der letzteren.« Und ganz im

Geist der einst von derselben Stätte aus der deutschen Wissenschaft verderblich gewordenen falschen Naturphilosophie fährt Hr. Haeckel fort in Constructionen über das ›unbewusste Gedächtniss‹ gewisser von ihm als ›Plastidule‹ bezeichneter ›belebter‹ Atomcomplexe.[45]

So verschmäht er den uns von La Mettrie gewiesenen Weg des inductorischen Erforschens, unter welchen Bedingungen Bewusstsein entstehe.[46] Er sündigt wider eine der ersten Regeln des Philosophirens: » *Entia non sunt creanda sine necessitate*«, denn wozu Bewusstsein, wo Mechanik reicht? Und wenn Atome empfinden, wozu noch Sinnesorgane? Hr. Haeckel übergeht die doch genügend von mir betonte Schwierigkeit zu begreifen, wie den zahllosen ›Atom-Seelen‹ das einheitliche Bewusstsein des Gesammthirnes entspringe. Uebrigens gedenke ich seiner Aufstellung nur um daran die Frage zu knüpfen, warum er es für jesuitisch hält, die Möglichkeit der Erklärung des Bewusstseins aus Anordnung und Bewegung von Atomen zu leugnen, wenn er selber nicht daran denkt, das Bewusstsein so zu erklären, sondern es als nicht weiter zergliederbares Attribut der Atome postulirt?

Einem mehr in Anschauung von Formen geübten Morphologen ist es zu verzeihen, wenn er Begriffe wie Wille und Kraft nicht auseinanderzuhalten vermag.[47] Aber auch von besser geschulter Seite wurden ähnliche Missgriffe begangen. Anthropomorphische Träumereien aus der Kindheit der Wissenschaft erneuernd, erklärten Philosophen und Physiker die Fernwirkung von Körper auf Körper

---

[45] Ernst Haeckel, Die Perigenesis der Plastidule oder die Wellenzeugung der Lebenstheilchen. Ein Versuch zur mechanischen Erklärung der elementaren Lebensvorgänge. Berlin 1876. S.38. 39.

[46] La Mettrie, Monatsberichte u.s.w. 1875. S.101. 102; – Reden u.s.w. Erste Folge. S.197. 198.

[47] Auch Hr. Von Nägeli glaubt an Beseelung und willkürliche Bewegung der Molekeln. S. seinen in der zweiten allgemeinen Sitzung der 50. Versammlung Deutscher Naturforscher und Aerzte zu München am 20. September 1877 zur Widerlegung meiner Leipziger Rede gehaltenen Vortrag: ›Die Schranken der naturwissenschaftlichen Erkenntniss‹. Im Tageblatt der Versammlung. Beilage. September 1877. S.16; – auch im Anhange zu Hrn. Von Nägeli's ›Mechanisch-physiologischer Theorie der Abstammungslehre‹, München und Leipzig 1884, S. 597.

durch den leeren Raum aus einem den Atomen innewohnenden Willen. Ein wunderlicher Wille in der That, zu welchem immer Zwei gehören! Ein Wille, der, wie Adelheid's im Götz, wollen soll, er mag wollen oder nicht, und das im geraden Verhältniss des Productes der Massen und im umgekehrten des Quadrates der Entfernungen! Ein Wille, der das geschleuderte Subject im Kegelschnitt bewegen muss! Ein Wille fürwahr, der an jenen Glauben erinnert, welcher Berge versetzt, aber in der Mechanik bisher als Bewegungsursache noch nicht verwerthet wurde. Zu solchem Widersinn gelangt, wer, anstatt in Demuth sich zu bescheiden, die Flagge an den Mast nagelt, und durch lärmende Phraseologie bei sich und Anderen den Rausch zu unterhalten sucht, ihm sei gelungen, woran *Newton* verzweifelte. In welchem Gegensatze zu solchem Unterfangen erscheint die weise Zurückhaltung des Meisters, der als Aufgabe der analytischen Mechanik hinstellt, die Bewegungen der Körper zu beschreiben.[48]

Auf alle Fällc zeigt der heftige und weit verbreitete Widerspruch gegen die von mir behauptete Unbegreiflichkeit des Bewusstseins aus mechanischen Gründen, wie unrecht die neuere Philosophie daran thut, diese Unbegreiflichkeit als selbstverständlich vorauszusetzen. Mit Feststellung dieses Punktes, also mit irgend einer der meinigen entsprechenden Argumentation, scheint vielmehr alles Philosophiren über den Geist anfangen zu müssen. Wäre Bewusstsein mechanisch begreifbar, so gäbe es keine Metaphysik; für das Unbewusste allein bedürfte es keiner anderen Philosophie, als der Mechanik.

Wenn ich hier einen Versuch der Neuzeit anreihe, die andere Schranke des Naturerkennens weiter hinauszurücken, und Licht auf die Natur der Materie zu werfen, um auch ihn als unbefriedigend zu bezeichnen, so ist meine Meinung nicht, ihn mit der Beseelung der Atome gleich niedrig zu stellen. Dieser Versuch ging aus von der Schottischen mathematisch-physikalischen Schule, von Sir *William Thomson* und jenem Prof. *Tait*, dessen Chauvinismus den Streit über *Leibniz*' Antheil an der Erfindung der Infinitesimal-Rechnung wieder anfachte, und der sich nicht scheut, *Leibniz* einen Dieb zu

48 Gustav Kirchhoff, Vorlesungen über mathematische Physik. Mechanik. Leipzig 1876. S.III. I.

schelten,[49] daher die Ehre, heut in diesem Saale genannt zu werden, ihm eigentlich nicht gebührt. Sir *William Thomson* und Prof. *Tait* glauben, dass sich aus den merkwürdigen Eigenschaften, welche Hr. *von Helmholtz* an den Wirbelringen der Flüssigkeiten entdeckte, mehrere wichtige Eigenthümlichkeiten herleiten lassen, die wir den Atomen zuschreiben müssen. Man könne sich unter den Atomen ausserordentlich kleine, von Ewigkeit her fort und fort sich drehende, verschiedentlich geknotete Wirbelringe denken.[50] Nichts kann ungerechter sein, als, wie in Deutschland geschah, diese Theorie für eine Wiederbelebung der Cartesischen Wirbel auszugeben. Obwohl in den Wirbelringen die wägbare Materie nicht, wie in den die Eisentheilchen umgebenden Strömchen die Elektricität, parallel der zum Ringe gebogenen Axe, sondern um diese Axe kreist, fühlt man sich durch die *Ampère*'sche Theorie doch günstig für die *Thomson*'sche gestimmt. Aber so vorschnell es wäre, Sir *William Thomson*'s sinnreiche Speculation leichthin abweisen zu wollen, weil sie in vielen Stücken zu kurz kommt, Eines kann man schon sicher behaupten: dass sie, so wenig wie irgend eine frühere Vorstellung, die Widersprüche schlichtet, auf welche unser Intellect bei seinem Bestreben stösst, Materie und Kraft zu begreifen. Denn gelänge es ihr auch, bei der ihr zu Grunde liegenden Annahme stetiger Raumerfüllung die verschiedene Dichte der Materie abzuleiten, sie müsste doch die Wirbelbewegung entweder von Ewigkeit her bestehen, oder durch supernaturalistischen Anstoss entstehen lassen, da sie denn vor der zweiten dem Begreifen der Welt sich widersetzenden Schwierigkeit, dem Problem vom Ursprung der Bewegung, alsbald wieder rathlos stände.

Dieser Schwierigkeiten lassen sich im Ganzen *sieben* unterscheiden. *Transcendent* nenne ich darunter die, welche mir unüberwind-

---

[49] Nature: a weekly illustrated Journal of Science, vol. V. p.81 (Nov.30, 1871); - vol. XIX. p. 288 (Jan.30, 1879). - Vergl. meine Rede über das Nationalgefühl in den Monatsberichten u.s.w. 1878. S.241 ff.; - Reden u.s.w. Erste Folge. S.327 ff.

[50] P.G. Tait, Lectures on Some Recent Advances in Physical Science with a special Lecture on Force. Third Edition, revised. London 1885. p.294 sqq. - Die Theorie der Wirbelringe ist neuerlich von J.J. Tomson erweitert worden (The Motion of Vortex Rings. London 1883). - Vergl. Osborne Reynolds, in: Nature. Dec.27. 1883. vol. XXIX. Nr.739. p.193.

lich erscheinen, auch wenn ich mir die in der aufsteigenden Entwickelung ihnen voraufgehenden gelöst denke.

Die erste Schwierigkeit ist das Wesen von Materie und Kraft. Als meine eine Grenze des Naturerkennens ist sie an sich transcendent.

Die zweite Schwierigkeit ist eben der Ursprung der Bewegung. Wir sehen Bewegung entstehen und vergehen; wir können uns die Materie in Ruhe vorstellen; die Bewegung erscheint uns an der Materie als etwas Zufälliges, wofür in jedem einzelnen Falle der zureichende Grund angegeben werden muss. Versuchen wir daher uns einen Urzustand zu denken, in welchem noch keine Ursache auf die Materie eingewirkt hat, so dass in Bezug auf Bewegung unserem Causalitätsbedürfniss keine weitere Frage übrig bleibt, so kommen wir dazu, uns vor unendlicher Zeit die Materie ruhend und im unendlichen Raume gleichmässig vertheilt vorzustellen. Da ein supernaturalistischer Anstoss in unsere Begriffswelt nicht passt, fehlt es dann am zureichenden Grunde für die erste Bewegung. Oder wir stellen uns die Materie als von Ewigkeit bewegt vor. Dann verzichten wir von vorn herein auf Verständniss in diesem Punkte. Diese Schwierigkeit erscheint mir transcendent.

Die *dritte* Schwierigkeit ist die erste Entstehung des Lebens. Ich sagte schon öfter und erst eben wieder, dass ich, der hergebrachten Meinung entgegen, keinen Grund sehe, diese Schwierigkeit für transcendent zu halten. Hat einmal die Materie angefangen sich zu bewegen, so können Welten entstehen; unter geeigneten Bedingungen, die wir so wenig nachahmen können, wie die, unter welchen eine Menge unorganischer Vorgänge stattfinden, kann auch der eigenthümliche Zustand dynamischen Gleichgewichtes der Materie, den wir Leben nennen, geworden sein. Ich wiederhole es und bestehe darauf: sollten wir einen supernaturalistischen Act zulassen, so genügte ein einziger solcher Act, der bewegte Materie schüfe: auf alle Fälle brauchten wir nur Einen Schöpfungstag.

Die *vierte* Schwierigkeit wird dargeboten durch die anscheinend absichtsvoll zweckmässige Einrichtung der Natur. Organische Bildungsgesetze können nicht zweckmässig wirken, wenn nicht die Materie zu Anfang zweckmässig geschaffen wurde; so wirkende Gesetze sind also mit der mechanischen Naturansicht unverträglich. Aber auch diese Schwierigkeit ist nicht unbedingt transcendent.

DARWIN zeigte in der natürlichen Zuchtwahl eine Möglichkeit, sie zu umgehen, und die innere Zweckmässigkeit der organischen Schöpfung sowohl wie ihre Anpassung an die unorganischen Bedingungen durch eine nach Art eines Mechanismus mit Naturnothwendigkeit wirkende Verkettung von Umständen zu erklären. Welcher Grad von Wahrscheinlichkeit der Selectionstheorie zukomme, erwog ich schon früher einmal bei gleicher Gelegenheit an dieser Stelle. »Mögen wir immerhin«, sagte ich, indem wir an diese Lehre uns halten, die Empfindung des sonst rettungslos Versinkenden haben, der an eine ihn nur eben über Wasser tragende Planke sich klammert. Bei der Wahl zwischen Planke und Untergang ist der Vortheil entschieden auf Seiten der Planke.«[51] Dass ich die Selectionstheorie einer Planke verglich, an der ein Schiffbrüchiger Rettung sucht, erweckte im jenseitigen Lager solche Genugtuung, dass man vor Vergnügen beim Weitererzählen aus der Planke einen Strohhalm machte. Zwischen Planke und Strohhalm aber ist ein grosser Unterschied. Der auf einen Strohhalm Angewiesene versinkt, eine ordentliche Planke rettete schon manches Menschenleben; und deshalb ist auch die vierte Schwierigkeit bis auf Weiteres nicht transcendent. wie zagend ernstes und gewissenhaftes Nachdenken auch immer wieder davor stehe.

Erst die *fünfte* ist es wieder durchaus: meine andere Grenze des Naturerkennens, das Entstehen der einfachen Sinnesempfindung.

So eben wurde daran erinnert, wie ich die hypermechanische Natur dieses Problems, folglich seine Transcendenz, bewies. Es ist nicht unnütz zu betrachten, wie dies *Leibniz* thut. An mehreren Stellen seiner nicht systematischen Schriften findet sich die nackte Behauptung, dass durch keine Figuren und Bewegungen, in unserer heutigen Sprache, keine Anordnung und Bewegung von Materie, Bewusstsein entstehen könne.[52] In den sonst gerade gegen den *Essay on Human Understanding* gerichteten *Nouveaux Essais sur l'Entendement humain* lässt Leibniz den Anwalt des Sensualismus, Phi-

---

[51] Vergl. meine Rede: Darwin versus Galiani. Monatsberichte u.s.w. 1876. S.400; – Reden u.s.w. Erste Folge. S.229.

[52] G.G. Leibnitii Opera philosophica. Ed. Erdmann. Berolini 1840. 4°. p.203 Réplique aux réflexions ... de Mr. Bayle): – p.463 (Commentatio de Anima Brutorum, § IV).

lalethes, fast mit *Locke*'s Worten[53] sagen: »Vielleicht wird es angemessen sein, etwas Nachdruck auf die Frage zu legen, ob ein denkendes Wesen von einem nicht denkenden Wesen ohne Empfindung und Bewusstsein, wie die Materie, herrühren könne. Es ist ziemlich klar, dass ein materielles Theilchen nicht einmal vermag, irgend etwas durch sich hervorzubringen und sich selber Bewegung zu ertheilen. Entweder also muss seine Bewegung von Ewigkeit, oder sie muss ihm durch ein mächtigeres Wesen eingeprägt sein. Aber auch wenn sie von Ewigkeit wäre, könnte sie nicht Bewusstsein erzeugen. Theilt die Materie, wie um sie zu vergeistigen, in beliebig kleine Theile; gebt ihr was für Figuren und Bewegungen Ihr wollt; macht daraus eine Kugel, einen Würfel, ein Prisma, einen Cylinder u. d. m., deren Dimensionen nur ein Tausendmilliontel eines philosophischen Fusses, d. h. des dritten Theiles des Secundenpendels unter 45° Breite betragen. Wie klein auch dies Theilchen sei, es wird auf Theilchen gleicher Ordnung nicht anders wirken, als Körper von einem Zoll oder einem Fuss Durchmesser es untereinander thun. Und man könnte mit demselben Recht hoffen, Empfindung, Gedanken, Bewusstsein durch Zusammenfügung grober Theile der Materie von bestimmter Figur und Bewegung zu erzeugen, wie mittels der kleinsten Theilchen in der Welt. Diese stossen, schieben und widerstehen einander gerade wie die groben, und weiter können sie nichts. Könnte aber Materie, unmittelbar und ohne Maschine, oder ohne Hülfe von Figuren und Bewegungen, Empfindung, Wahrnehmung und Bewusstsein aus sich selber schöpfen: so müssten diese ein untrennbares Attribut der Materie und aller ihrer Theile sein.« Darauf antwortet Theophil, der Vertreter des *Leibniz*'schen Idealismus: »Ich finde diese Schlussfolgerung so fest begründet wie nur möglich, und nicht nur genau zutreffend, sondern auch tief, und ihres Urhebers würdig. Ich bin ganz seiner Meinung, dass es keine Combination oder Modification der Theilchen der Materie giebt, wie klein sie auch seien, welche Wahrnehmung erzeugen könnte; da, wie man klar sieht, die groben Theile

[53] The Works of John Locke in ten volumes. II th Ed. Vol.III. London 1812. p. 55. 56.

dies nicht vermöchten, und in den kleinen Theilen alle Vorgänge denen in den grossen proportional sind.«[54]

In der später für Prinz Eugen verfassten ›Monadologie‹ sagt *Leibniz* kürzer und mit ihm eigener, charakteristischer Wendung: »Man ist gezwungen zu gestehen, dass die Wahrnehmung, und was davon abfängt, aus mechanischen Gründen, d. h. durch Figuren und Bewegungen, unerklärlich ist. Stellt man sich eine Maschine vor, deren Bau Denken, Fühlen, Wahrnehmen bewirke, so wird man sie sich in denselben Verhältnissen vergrössert denken können, so dass *man hineintreten könnte, wie in eine Mühle*. Und dies vorausgesetzt wird man in ihrem Inneren nichts antreffen als Theile, die einander stossen, und nie irgend etwas woraus Wahrnehmung sich erklären liesse.«[55]

So gelangt *Leibniz* zu demselben Ergebniss wie wir, doch ist dazu zweierlei zu bemerken. Erstens verlor *Locke*'s von *Leibniz* angenommene Beweisführung an Bündigkeit durch die Fortschritte der Naturwissenschaft. Denn vom heutigen Standpunkt aus könnte eingewendet werden, dass bei immer feinerer Zertheilung der Materie allerdings ein Punkt kommt, wo sie neue Eigenschaften entfaltet. Es fällt sogar sehr auf, dass weder *Locke* noch *Leibniz* daran dachten, wie es keineswegs gleichgültig ist, ob fussgrosse Klumpen Kohle, Schwefel und Salpeter neben- und aufeinander ruhen, oder ob diese Stoffe in bestimmtem Verhältniss zu einem Mischpulver verrieben und zu Klümpchen von einer gewissen Feinheit gekörnt sind. Nicht einmal die mechanische Leistung einander ähnlicher Maschinen ist ihrer Grösse proportional. Wenn so die Materie nach dem Grad ihrer Zertheilung andere und andere mechanisch verständliche Wirkungen äussert, warum sollte sie bei noch feinerer Zertheilung nicht auch denken, ohne dass diese neue Wirkung aufhörte, mechanisch verständlich zu sein? Um zu dieser nur scheinbar berechtigten, doch vielleicht Manche irreleitenden Frage nicht erst

---

[54] Leibnitii Opera etc. L.c.p. 375. 376. – Cfr. p.185.203.

[55] Leibnitii Opera etc. L.c.p. 706. – Leibniz konnte wohl bei dem Prinzen die Kenntniss keiner anderen grossen Maschine voraussetzen, als einer Mühle. Ihm selber war die Dampf-(Feuer-)Maschine eine ganz vertraute Vorstellung (Leibnizens und Huygens' Briefwechsel mit Papin, nebst der Biographie Papin's u.s.w. Bearbeitet und auf Kosten der Königl. preussischen Akademie der Wissenschaften herausgegeben von Dr. E. Gerland. Berlin 1881).

Gelegenheit zu geben, ist es besser, *Locke*'s fortschreitende Zerkleinerung der Materie, *Leibniz'* Gedankenmühle aus dem Spiel zu lassen, und sogleich von der in Atome zerlegten Materie zu beweisen, dass durch keine Anordnung und Bewegung von Atomen das Bewusstsein je erklärt werde.

Die zweite Bemerkung ist, dass wir zwar bis hierher mit *Leibniz* gehen, aber vorläufig nicht weiter. Aus der Unbegreiflichkeit des Bewusstseins aus mechanischen Gründen schliesst er, dass es nicht durch materielle Vorgänge erzeugt werde. Wir begnügen uns damit, jene Unbegreiflichkeit anzuerkennen, der ich gern den drastischen Ausdruck gebe, dass es eben so unmöglich ist zu verstehen, warum Zwicken des N. trigeminus Höllenschmerz verursacht, wie warum die Erregung gewisser anderer Nerven wohlthut. *Leibniz* verlegt das Bewusstsein in die dem Körper zuertheilte Seelenmonade, und lässt durch Gottes Allmacht darin eine den Erlebnissen des Körpers entsprechende Reihe von Traumbildern ablaufen. Wir dagegen häufen Gründe dafür, dass das Bewusstsein an materielle Vorgänge gebunden sei.

Uebrigens wurde gegen meinen Beweis der Unmöglichkeit, Bewusstsein mechanisch zu begreifen, von keiner Seite ein Wort vorgebracht; man begnügte sich mit contradictorischen Behauptungen. Nach Hrn. *Haeckel* wäre mein Leipziger Vortrag im Wesentlichen eine grossartige Verleugnung der Entwickelungsgeschichte«, indem ich nicht berücksichtige, dass die Menschheit mit der Zeit eine Organisation erreichen werde, die über der jetzigen so hoch stehe, wie diese über der unserer Progenitoren in irgend einer früheren geologischen Periode.[56] Inzwischen scheint etwa seit *Homer* unsere Species ziemlich stabil; seit *Epikur*, der schon die Constanz von Materie und Kraft kannte, ward das Wesen der Körperwelt, seit *Platon* und *Aristoteles* das des Geistes nicht verständlicher, und ehe Hrn. *Haeckel*'s Vorhersage sich erfüllt, dürfte die Erde unbewohnbar werden. Allein wenn hier Einer an der Entwickelungsgeschichte sich versündigte, ist es der Jenenser Prophet. Wie rasch oder langsam auch das menschliche Gehirn fortschreite, es muss innerhalb des gegebenen Typus bleiben, dessen höchstes Erzeugniss das unerreichbare

56 Anthropogenie oder Entwickelungsgeschichte des Menschen u.s.w. A.a.O. – Vergl. oben S. 4.

Ideal des *Laplace*'schen Geistes wäre. Da nun meine Grenzen des Naturerkennens auch für diesen gelten, wird auch durch Entwickelung die Menschheit nie darüber sich fortheben, und wenn Hr. *Haeckel* gegen meine Argumentation nichts einzuwenden weiss, als die Möglichkeit *paratypischer* Entwickelung, werde ich wohl Recht behalten.

Nicht mit voller Ueberzeugung stelle ich als *sechste* Schwierigkeit das vernünftige Denken .und den Ursprung der damit eng verbundenen Sprache auf. Zwischen Amoebe und Mensch, zwischen Neugeborenem und Erwachsenem ist sicher eine gewaltige Kluft; sie lässt sich aber bis zu einem gewissen Grade durch Uebergänge ausfüllen. Die Entwickelung des geistigen Vermögens in der Thierreihe leistet dies objectiv bis zu den anthropoiden Affen; um beim Einzelwesen von der einfachen Empfindung zu den höheren Stufen geistiger Thätigkeit zu gelangen, bedarf die Erkenntnisstheorie wahrscheinlich nur des Gedächtnisses und des Vermögens der Verallgemeinerung.[57] Wie gross auch der zwischen den höchsten Thieren und den niedrigsten Menschen übrigbleibende Sprung und wie schwer die hier zu lösenden Aufgaben seien, bei einmal gegebenem Bewusstsein ist deren Schwierigkeit ganz anderer Art als die, welche der mechanischen Erklärung des Bewusstseins überhaupt entgegensteht: diese und jene sind incommensurabel. Daher bei gelöstem Problem B, um wieder *Strauss*' Notation anzuwenden, das Problem C mir nicht transcendent erscheint. Wie *Strauss* richtig bemerkt, hängt aber das Problem C eng zusammen mit einem anderen, welches in unserer Reihe als *siebentes* und letztes auftritt. Dies ist die Frage nach der Willensfreiheit.

Zwar liegt es in der Natur der Dinge, dass alle hier aufgezählten Probleme die Menschheit beschäftigt haben, so lange sie denkt. Ueber Constitution der Materie, Ursprung des Lebens und der Sprache ist jederzeit, bei allen Culturvölkern, gegrübelt worden. Doch waren es stets nur wenig erlesene Geister, die bis zu diesen Fragen vordrangen, und wenn auch gelegentlich scholastisches Gezänk um sie sich erhob, reichte doch der Hader kaum über akademische Hallen hinaus. Anders mit der Frage, ob der Mensch in

---

[57] Joh. Müller, Handbuch der Physiologie des Menschen u.s.w. Bd.II. 3.Abth. Coblenz 1840. S.519.

seinem Handeln frei, oder durch unausweichlichen Zwang gebunden sei. Jeden berührend, scheinbar Jedem zugänglich, innig verflochten mit den Grundbedingungen der menschlichen Gesellschaft, auf das Tiefste eingreifend in die religiösen Ueberzeugungen, hat diese Frage in der Geistes- und Culturgeschichte eine Rolle unermesslicher Wichtigkeit gespielt, und in ihrer Behandlung spiegeln sich die Entwickelungsstadien des Menschengeistes deutlich ab.

Das classische Alterthum hat sich über das Problem der Willensfreiheit den Kopf nicht sehr zerbrochen. Da für die antike Weltanschauung im Allgemeinen weder der Begriff unverbrüchlich bindender Naturgesetze, noch der einer absoluten Weltregierung vorhanden war,[58] so lag kein Grund vor zu einem Conflict zwischen Willensfreiheit und dem herrschenden Weltprincip. Die Stoa glaubte an ein Fatum, und leugnete demgemäss die Willensfreiheit, die römischen Moralisten stellten diese aber aus ethischem Bedürfniss auf naiv subjectiver Grundlage wieder her. » *Sentit animus se moveri*«: – heisst es in den Tusculanen[59] – »*quod quum sentit, illud una sentit se vi sua, non aliena moveri;*« und der stoische Fatalismus wurde durch Anekdoten verspottet, wie die von dem Sklaven des Zenon von Kition, der den begangenen Diebstahl durch das Fatum entschuldigend zur Antwort erhält: Nun wohl, so war es auch dein Fatum geprügelt zu werden. Eine Geschichte, welche heute noch am Bosporus spielen könnte, wo das türkische Kismeth an Stelle der stoischen Ειμαρμενε trat.

Der christliche Dogmatismus (gleichviel wie viel semitische und wie viel hellenistische Elemente zu ihm verschmolzen) war es, der durch die Frage nach der Willensfreiheit in die dunkelsten, selbstgegrabenen Irrwege gerieth. Von den Kirchenvätern und Schismatikern, von *Augustinus* und *Pelagius,* durch die Scholastiker *Scotus Erigena* und *Anselm* von Canterbury, bis zu den Reformatoren *Luther* und *Calvin* und darüber hinaus, zieht sich der hoffnungslos

---

58 Vergl. meinen am 24. März 1877 zu Cöln gehaltenen Vortrag über: Culturgeschichte und Naturwissenschaft. Zweiter Abdruck. Leipzig 1878. S.29. 30; – Reden u.s.w. Erste Folge. S.264. 265.

59 M. Tullii Ciceronis Scripta quae manserunt omnia. Recognovit Reinholdus Klotz. Partis IV. vol.I. Lipsiae 1872. p.261. 262 (Tusculanarum Disputationum Lib.I. Cap.23).

verworrene Streit über Willensfreiheit und Praedestination. Gott ist allmächtig und allwissend; nichts geschieht, was er nicht von Ewigkeit wollte und vorhersah. Also ist der Mensch unfrei; denn handelte er anders als Gott vorherbestimmt hatte, so wäre Gott nicht allmächtig und allwissend gewesen. Also liegt es nicht in des Menschen Willen, dass er das Gute thue oder sündige. Wie kann er dann für seine Thaten verantwortlich sein? Wie verträgt es sich mit Gottes Gerechtigkeit und Güte, dass er den Menschen straft oder belohnt für Handlungen, welche im Grunde Gottes eigene Handlungen sind?

Das ist die Form, in welcher das Problem der Willensfreiheit dem durch heiligen Wahnsinn verfinsterten Menschengeiste sich darstellte. Die Lehre von der Erbsünde, die Fragen nach der Erlösung durch eigenes Verdienst oder durch das Blut des Heilandes, durch den Glauben oder durch die Werke, nach den verschiedenen Arten der Gnade, verwuchsen tausendfältig mit jenem an Spitzfindigkeiten schon hinlänglich fruchtbaren Dilemma, und vom vierten bis zum siebzehnten Jahrhundert wiederhallten durch die ganze Christenheit Klöster und Schulen von Disputationen über Determinismus und Indeterminismus. Vielleicht giebt es keinen Gegenstand menschlichen Nachdenkens, über welchen längere Reihen nie mehr aufgeschlagener Folianten im Staube der Bibliotheken modern. Aber nicht immer blieb es beim Bücherstreit. Wüthende Verketzerung mit allen Greueln, die der herrschenden Religionspartei gegen Andersdenkende freistanden, hing sich an solche abstruse Controversen um so lieber, je weniger damit Vernunft und aufrichtiges Streben nach Wahrheit zu thun hatten.

Wie anders fasst unsere Zeit das Problem der Willensfreiheit auf. Die Erhaltung der Energie besagt, dass, so wenig wie Materie, jemals Kraft entsteht oder vergeht. Der Zustand der ganzen Welt, auch eines menschlichen Gehirnes, in jedem Augenblick ist die unbedingte mechanische Wirkung des Zustandes im vorhergehenden Augenblick, und die unbedingte mechanische Ursache des Zustandes im folgenden Augenblick. Dass unter gegebenen Umständen von zwei Dingen entweder das eine oder das andere geschehen könne, ist undenkbar. Die Hirnmolekeln können stets nur auf bestimmte Weise fallen, so sicher wie Würfel, nachdem sie den Becher verliessen. Wiche eine Molekel ohne zureichenden Grund aus ihrer Lage oder Bahn, so wäre das ein Wunder so gross als bräche der Jupiter aus seiner Ellipse und versetzte das Planetensystem in Aufruhr. Wenn nun, wie der Monismus es sich denkt, unsere Vorstellungen und Strebungen, also auch unsere Willensacte, zwar unbegreifliche, doch nothwendige und eindeutige Begleiterscheinungen der Bewegungen und Umlagerungen unserer Hirnmolekeln sind, so leuchtet ein, dass es keine Willensfreiheit giebt; dem Monismus ist die Welt ein Mechanismus, und in einem Mechanismus ist kein Platz für Willensfreiheit.

Der Erste, dem die materielle Welt in solcher Gestalt vorschwebte, war *Leibniz*. Wie ich an dieser Stelle schon öfter bemerklich machte, war seine mechanische Weltanschauung durchaus dieselbe, wie die unsrige. Wenn er die Erhaltung der Energie auch noch nicht wie wir durch verschiedene Molecularvorgänge zu verfolgen vermochte, er war von dieser Erhaltung überzeugt. Er befand sich sämmtlichen Molecularvorgängen gegenüber in der Lage, in welcher wir uns noch einzelnen gegenüber befinden. Da nun *Leibniz* ebenso fest an eine Geisterwelt glaubte, die ethische Natur des Menschen in den Kreis seiner Betrachtungen zog, ja mit der positiven Religion trefflich sich abfand, so lohnt sich zu fragen, was er von der Willensfreiheit hielt, insbesondere wie er sie mit der mechanischen Weltansicht zu verbinden wusste.

Leibniz war unbedingter Determinist, und musste es seiner ganzen Lehre nach sein.[60] Er nahm zwei von Gott geschaffene Substanzen an, die materielle Welt und die Welt seiner Monaden. Die eine kann nicht auf die andere wirken;, in beiden laufen mit unabänderlich vorherbestimmter Nöthigung, vollkommen unabhängig von einander, aber genau Schritt haltend, mit einander harmonirende Processe ab: das mathematisch vor- und rückwärts berechenbare Getriebe der Weltmaschine, und in den zu jedem beseelten Einzelwesen gehörigen Seelenmonaden die Vorstellungen, welche den scheinbaren Sinneseindrücken, Willensacten und Vorstellungen des Wirthes der Monade entsprechen. Der blosse Namen der praestabilirten Harmonie, den *Leibniz* seinem Systeme giebt, schliesst Freiheit

---

60 Vergl. unter Anderem: Lettre à Mr. Bayle (1702) Opera etc. p.191. »Pour ce qui est du franc arbitre, je suis de l'avis des Thomistes et autres philosophes, qui croient que tout est prédéterminé.«

aus. Da die Vorstellungen der Monaden nur Traumbilder ohne mechanische Ursache, ohne Zusammenhang mit der Körperwelt sind, so hat es *Leibniz* leicht, die subjective Ueberzeugung von der Freiheit unserer Handlungen zu erklären. Gott hat einfach den Fluss der Vorstellungen der Seelenmonade so geregelt, dass sie frei zu handeln meint.[61]

Bei anderer Gelegenheit schliesst sich *Leibniz* mehr der gewöhnlichen Denkweise an, indem er dem Menschen einen Schein von Freiheit lässt, hinter welchem sich geheime zwingende Antriebe verbergen. Durch den Artikel ›*Buridan*‹ in seinem *Dictionnaire historique et critique*[62] hatte *Pierre Bayle* wieder die Aufmerksamkeit auf das vielbesprochene, fälschlich jenem Scholastiker zugeschriebene, schon bei *Dante*,[63] ja bei *Aristoteles* vorkommende Sophisma gelenkt von

»... dem grauen Freunde,
Der zwischen zwei Gebündel Heu ...«

[64] elendiglich verhungert, da beiderseits Alles gleich ist, er aber als Thier das *franc arbitre* entbehrt. »Es ist wahr«, sagt *Leibniz* in der Theodicee, »dass, wäre der Fall möglich, man urtheilen müsste, dass er sich Hungers sterben lassen würde: aber im Grunde handelt es sich um Unmögliches; es sei denn, dass Gott die Sache absichtlich verwirkliche. Denn durch eine den Esel der Länge nach hälftende senkrechte Ebene könnte nicht auch das Weltall so gehälftet werden, dass beiderseits Alles gleich wäre; wie eine Ellipse oder sonst eine der von mir *amphidexter* genannten ebenen Figuren, welche jede durch ihren Mittelpunkt gezogene Gerade hälftet. Denn weder die Theile des Weltalls, noch die Eingeweide des Thieres sind auf

---

[61] Vergl. Leibnizische Gedanken u.s.w. Monatsberichte u.s.w. 1870. S.839. 840; – Reden u.s.w. Erste Folge. S.38. 39; – Darwin versus Galiani. Monatsberichte u.s.w. 1876. S.401. 402; – Reden u.s.w. A.a.O. 230. 231.

[62] Dictionnaire historique et critique etc. Cinquième Édition. A Amsterdam etc. 1740. Fol. t. I. p.708 et suiv.

[63] Il Paradiso. Canto quarto. v.I sqq. – Bei Dante steht aber der »freie« Mensch selber an Stelle des erst später eingeführten Esels.

[64] Voltaire ist schon Heine in der dichterischen Verwendung des Buridan'schen Esels zuvorgekommen. La Pucelle. Chant XII. v.16 et suiv.

beiden Seiten jener senkrechten Ebene einander gleich und gleich gelegen. Es würde also immer viel Dinge im Esel und ausserhalb des Esels geben, welche, obschon wir sie nicht bemerken, ihn bestimmen würden, eher der einen als der anderen Seite sich zuzuwenden. Und obschon der Mensch frei ist, was der Esel nicht ist, erscheint doch auch im Menschen der Fall vollkommenen Gleichgewichtes der Bestimmungsgründe für zwei Entschlüsse unmöglich, und ein Engel, oder wenigstens Gott, würde stets einen Grund für den vom Menschen gefassten Entschluss angeben können, wenn auch wegen der weit reichenden Verkettung der Ursachen dieser Grund oft sehr zusammengesetzt und uns selber unbegreiflich wäre.«[65]

Ueber die Frage, wo beim Determinismus die Verantwortlichkeit des Menschen, die Gerechtigkeit und Güte Gottes bleiben, hilft sich *Leibniz* mit seinem Optimismus fort. Am Schluss der Theodicee, von der ein grosser Theil diesem Gegenstande gewidmet ist, führt er, eine Fiction des *Laurentius Valla* fortspinnend,[66] aus, wie es für den *Sextus Tarquinius* freilich schlimm war, Verbrechen begehen zu müssen, für welche ihm die Strafe nicht erspart werden konnte. Zahllose Welten waren möglich, in denen *Tarquinius* eine mehr oder minder achtungswerthe Rolle gespielt, mehr oder minder glücklich gelebt hätte, darunter solche sogar, wo er als tugendhafter Greis, von seinen Mitbürgern geehrt und beweint, hochbejahrt gestorben wäre: allein Gott musste vorziehen, diese Welt zu erschaffen, in welcher *Sextus Tarquinius* ein Bösewicht wurde, weil voraussichtlich sie die beste, das Verhältniss des Guten zum unumgänglichen Uebel für sie ein Maximum war.

Es braucht nicht gesagt zu werden, dass dem Monismus mit diesen immerhin in sich folgerichtigen, aber, um das Geringste zu sagen, höchst willkürlichen und das Gepräge des Unwirklichen tra-

---

65 Théodicée. Essais sur la Bonté de Dieu, la Liberté de l'Homme et l'Origine du Mal. Partie I.49 (Opera etc. p.517). Buridan's Esel kommt bei Leibniz noch vor: l.c. p. 225. 448. 449. 594. - Zur Théodicée vergl. die deutsche Ausgabe mit Einleitung und Erläuterungen von Robert Habs, Leipzig bei Ph. Reclam jun. 1883.

66 Laurentii Vallae Opera etc. Basileae apud Henrichum Petrum, Mense Augusto, Anno MDXLIII. (Gr.8°.) p.1005. (In der Schrift: De Libero Arbitrio ad Garsam Episcopum Illerdensem.)

genden Vorstellungen nicht gedient sein kann, und so muss er denn selber seine Stellung zum Problem der Willensfreiheit sich suchen. Sobald man sich entschliesst, das subjective Gefühl der Freiheit für Täuschung zu erklären, ist es auf monistischer Grundlage so leicht, wie bei *Leibniz'* extremem Dualismus, die scheinbare Freiheit mit der Nothwendigkeit zu versöhnen. Die Fatalisten aller Zeiten, worin auch ihre Ueberzeugung wurzelte, *Zenon, Augustinus,* und die Thomisten, *Calvin, Leibniz, Laplace,*[67] – Jacques und seinen Hauptmann nicht zu vergessen – fanden darin keine Schwierigkeit. Mit massiger dialektischer Gewandtheit lässt sich Einem jenes von *Cicero* beschriebene Gefühl wegdisputiren. Auch im Traume fühlen wir uns frei, da doch die Phantasmen unserer Sinnsubstanzen mit uns spielen. Von vielen scheinbar mit bewusster Absicht ausgeführten, weil zweckmässigen Handlungen wissen wir jetzt, dass sie unwillkürliche Wirkungen gewisser Einrichtungen unseres Nervensystemes sind, der Reflexmechanismen und der sogenannten automatischen Nervencentren. Wenn wir auf den Fluss unserer Gedanken achten, bemerken wir bald, wie unabhängig von unserem Wollen Einfälle kommen, Bilder aufleuchten und verlöschen. Sollten unsere vermeintlichen Willensacte in der That viel willkürlicher sein? Sind übrigens alle unsere Empfindungen, Strebungen, Vorstellungen nur das Erzeugniss gewisser materieller Vorgänge in unserem Gehirn, so kann ja der Molecularbewegung, mit welcher die Willensempfindung zum Heben des Armes verbunden ist, auch sogleich der materielle Anstoss entsprechen, der die Hebung des Armes rein mechanisch bewirkt, und es bleibt also beim ersten Blick gar kein Dunkel mehr zurück.

Das Dunkel zeigt sich aber für die meisten Naturen, sobald man die physische Sphaere mit der ethischen vertauscht. Denn man giebt leicht zu, dass man nicht frei, sondern als Werkzeug verborgener Ursachen handelt, so lange die Handlung gleichgültig ist. Ob *Caesar* in Gedanken die rechte oder linke Caliga zuerst anlegt, bleibt sich gleich, in beiden Fällen tritt er gestiefelt aus dem Zelt. Ob er den Rubicon überschreitet oder nicht, davon hängt der Lauf der Weltgeschichte ab. So wenig frei sind wir in gewissen kleinen Entschliessungen, dass ein Kenner der menschlichen Natur mit überraschen-

[67] (S.99.) L.c.p.620. (Partie III. § 405 sqq.)

der Sicherheit vorhersagt, welche Karte von mehreren unter bestimmten Bedingungen hingelegten wir aufnehmen werden. Aber auch der entschlossenste Monist vermag den ernsteren Forderungen des praktischen Lebens gegenüber die Vorstellung nur schwer festzuhalten, dass das ganze menschliche Dasein nichts sei als eine *Fable convenue*, in welcher mechanische Nothwendigkeit dem Cajus die Rolle des Verbrechers, dem Sempronius die des Richters ertheilte. und deshalb Cajus zum Richtplatz geführt wird, während Sempronius frühstücken geht. Wenn Hr. *von Stephan* uns berichtet, dass auf hunderttausend Briefe Jahr aus Jahr ein so und so viel entfallen, welche ohne Adresse in den Kasten geworfen werden,[68] denken wir uns nichts Besonderes dabei. Aber dass nach *Quetelet* unter hunderttausend Einwohnern einer Stadt Jahr aus Jahr ein naturnothwendig so und so viel Diebe, Mörder und Brandstifter sind,[69] das empört unser sittliches Gefühl; denn es ist peinlich denken zu müssen, dass wir nur deshalb nicht Verbrecher wurden, weil Andere für uns die schwarzen Loose zogen, die auch unser Theil hätten werden können.[70]

---

68 In England 1 - 2, in Deutschland noch nicht 6 Briefe, wie der Weltpostmeister mir freundlichst mittheilte.

69 Sur l'Homme et le Développement de ses Facultés, ou Essai de Physique sociale. Bruxelles 1836. t.IL p.171 et suiv.

70 Eine der merkwürdigsten Aeusserungen über das Problem der Willensfreiheit findet sich in dem unlängst erschienenen Briefwechsel Galiani's. »La persuasion de la liberté,« sagt er, »constitue l'essence de l'homme. On pourrait même definir l'homme, un animal qui se croit libre ... II est absolument impossible à l'homme d'oublier un seul instant, et de renoncer à la persuasion qu'il a d'être libre. Voilà donc un premier point. Second point: être persuadé d'être libre est-il la même chose qu'etre libre en effet? je réponds: ce n'est pas la même chose, mais cela produit les mêmes effets en morale. L'homme est donc libre, puisqu'il est intimement persuadé de l'être, et que cela vaut tout autant que la liberté. Voilà donc le mécanisme de l'univers expliqué clair comme de l'eau de roche. S'il y avait un seul etre libre dans l'univers, il n'y aurait plus de Dieu. L'univers se détraquerait; et si l'homme n'était pas intimement, essentiellement convaincu toujours d'être libre, le moral humain n'irait plus comme il va. La conviction de la liberté suffit pour etablir une conscience, un remords, une justice, des recompenses et des peines. Elle suffit à tout; et voilà le monde expliqué en deux mots.« (L'abbé F.Galiani. Correspondance etc. Par Lucien Perry et Gaston Maugras. I. Paris 1881. p.483.484.)

Wer gleichsam schlafwandelnd durch das Leben geht, ob er in seinem Traum die Welt regiere oder Holz hacke; wer als Historiker, Jurist, Poet in einseitiger Beschaulichkeit mehr mit menschlichen Satzungen und Leidenschaften, oder wer naturforschend und -beherrschend ebenso beschränkten Blickes nur mit Naturgesetzen verkehrt: der vergisst jenes Dilemma, auf dessen Hörner gespiesst unser Verstand gleich der Beute des Neuntödters schmachtet; wie wir die Doppelbilder vergessen, welche Schwindel erregend uns sonst überall verfolgen würden. In um so verzweifelteren Anstrengungen, solcher Qual sich zu entwinden, erschöpft sich die kleine Schaar derer, die mit dem Rabbi von Amsterdam das All *sub specie aeternitatis* anschauen: es sei denn, dass sie wie *Leibniz* getrost die Selbstbestimmung sich absprechen. Die Schriften der Metaphysiker bieten eine lange Reihe von Versuchen, Willensfreiheit und Sittengesetz mit mechanischer Weltordnung zu versöhnen. Wäre ihrer Einem, etwa *Kant*, diese Quadratur wirklich gelungen, so hätte wohl die Reihe ein Ende. So unsterblich pflegen nur unbesiegbare Probleme zu sein.

Minder bekannt als diese metaphysischen sind die neuerlich in Frankreich hervorgetretenen, auf dasselbe Ziel gerichteten mathematischen Bestrebungen. Sie knüpfen an *Descartes*' verunglückten Versuch an, die Wechselwirkung zwischen Seele und Leib, der von ihm angenommenen geistigen und materiellen Substanz zu erklären. Obschon nämlich *Descartes* die Quantität der Bewegung in der Welt für constant hielt, und obschon er nicht glaubte, dass die Seele Bewegung erzeugen könne, meinte er doch, dass die Richtung der Bewegung durch die Seele bestimmt werde. *Leibniz* zeigte, dass nicht die Summe der Bewegungen, sondern die der Bewegungskräfte constant ist, und dass auch die in der Welt vorhandene Summe der Richtkräfte oder des Fortschrittes nach irgend einer im Räume gezogenen Axe dieselbe bleibt. So nennt er die algebraische Summe der jener Axe parallelen Componenten aller mechanischen Momente. Nach letzterem, von *Descartes* übersehenen Satze könne auch die Richtung von Bewegungen nicht ohne entsprechenden Kraftaufwand bestimmt oder verändert werden. Wie klein man sich solchen Kraftaufwand auch denke, er mache einen Theil des Naturmechanismus aus, und könne nicht der geistigen Substanz zugeschrieben werden.[71] Eine Einsicht, zu welcher es wohl kaum des von *Leibniz* herangezogenen Apparates bedurfte, da der Hinweis auf *Galilei*'s Bewegungsgesetze genügt.

Der verstorbene Mathematiker *Cournot* in Dijon,[72] Hr. *Boussinesq*, Professor in Lille,[73] und der durch seine Arbeiten über Elasticität rühmlich bekannte Pariser Akademiker Hr. *de Saint-Venant*[74] haben sich nacheinander die Aufgabe gestellt, die Bande des mechanischen Determinismus durch den Nachweis zu sprengen, dass, *Leibniz*' Behauptung entgegen, ohne Kraftaufwand Bewegung erzeugt oder die Richtung der Bewegung geändert werden könne. *Cournot* und Hr. *de Saint-Venant* führen dazu den der deutschen physiologischen Schule längst[75] geläufigen Begriff der Auslösung *(decrochement)* ein. Sie glauben, dass die zur Auslösung der willkürlichen Bewegung nöthige Kraft nicht nur verhältnissmässig sehr klein, sondern Null sein könne. Hr. *Boussinesq* seinerseits weist auf gewis-

---

71 Leibniti Opera etc. p.133: » ... il se » conserve non seulement la même quantité de la force mouvante, mais encore la même quantité de direction vers quel côté qu'on la prenne dans le monde. C'est-à-dire: menant une ligne droite telle qu'il vous plaira, et prenant encore des corps tels et tant qu'il vous plaira; vous trouverez, en considérant tous ces corps ensemble, sans omettre aucun de ceux qui agissent sur quelqu'un de ceux que vous avez pris, qu'il y aura toujours la même quantité de progrès du même coté dans toutes les parallèles à la droite que vous avez prise: prenant garde qu'il faut estimer la somme du progrès, en ótant celui des corps qui vont en sens contraire de celui de ceux qui vont dans le sens qu'on a pris.« - Cfr. p.108. 429. 430. 520. 645. 702. 711. 723.

72 Traité de l'enchaînement des idées fondamentales dans les Sciences et dans l'Histoire. 1861. t.I. p.364 et suiv.

73 Conciliation du véritable Déterminisme mécanique avec l'existence de la Vie et de la Liberté morale. (Extrait des Mémoires de la Société des Sciences, de l'Agriculture et des Arts de Lille, année 1878, t.VI, 4 e Série.) Paris 1878. - S. auch Comptes rendus etc. 19 Février 1877. t. LXXXIV. p.362.

74 Accord des lois de la Mécanique avec la liberté de l'homme dans son action sur la matière. Comptes rendus etc. 5 Mars 1877. t. LXXXIV. p.419 et suiv.

75 Man sehe meine Auseinandersetzungen in: Die Fortschritte der Physik im Jahre 1847. Dargestellt von der physikalischen Gesellschaft zu Berlin. Bd. III. Berlin 1850. S.415; - Ueber thierische Bewegung. Rede, gehalten im Verein für wissenschaftliche Vorträge am 22. Februar 1851. Berlin 1851. S. 25, 26; - Reden u.s.w. Zweite Folge. S. 47, 48. - Gedächtnissrede auf Johannes Müller. Aus den Abhandlungen der Akademie. 1859. Berlin 1860. 4°. S.88; - Reden a.a.O. S.218.

se Differentialgleichungen der Bewegung hin, deren Integrale singulare Lösungen der Art zulassen, dass der Sinn der weiteren Bewegung zweideutig oder völlig unbestimmt wird. Schon Poisson hatte auf diese Lösungen als auf eine Art mechanischen Paradoxons aufmerksam gemacht.

Solch ein Fall ist beispielsweise der, wo einem schweren Punkt am Mantel eines reibungslosen Kegels mit senkrechter Axe und aufwärts gerichteter Spitze in der Richtung auf die Spitze zu die Geschwindigkeit ertheilt wird, welche er von der Spitze frei herabfallend in derselben wagerechten Ebene erlangen würde. Er kommt dann auf der Spitze mit der Geschwindigkeit Null an, und bleibt in Ruhe, bis es, nach Hrn. Boussinesq's Annahme, einem dort hausenden › '*Principe directeur*‹ gefällt, ihm in beliebiger Richtung einen ihn der Unterstützung beraubenden Anstoss zu ertheilen, der, obschon mechanisch gleich Null, doch im Stande sein soll, ihn am Kegelmantel wieder herabgleiten zu lassen. Einen Punkt einer Curve oder Fläche, wo dergleichen sich ereignen kann, nennt Hr. Boussinesq *Point d'arrêt*, einen Punkt, wo die Bahn sich gabelt, *Point de bifurcation*, und er meint, dass solche Punkte es seien, wo im Organismus ein immaterielles Princip mechanische Wirkungen erzeugen könne.[76]

Cournot glaubt der auslösenden Kraft gleich Null, Hr. Boussinesq der Integrale mit singulären Lösungen schon zu bedürfen, um dadurch, in Verbindung mit dem ›lenkenden Principe‹, die Mannigfaltigkeit und Unbestimmbarkeit der organischen Vorgänge zu erklären. Die deutsche physiologische Schule, längst gewöhnt, in den Organismen nichts zu sehen als eigenartige Mechanismen, wird sich mit dieser Auffassung schwerlich befreunden, und trotz den gegentheiligen Versicherungen, trotz der von Hrn. Boussinesq angerufenen Auctorität Claude Bernard's,[77] hinter dem ›lenkenden

---

[76] Hrn. Boussinesq's Worte sind: »...C'est aux bifurcations d'intégrales des équations de mouvement qu'un principe directeur n'a besoin d'aucune force mécanique pour conduire la Système matériel en qui il réside: c'est là que tout travail décrochant devient superflu, là seulement que la vie peut influer sur les faits d'une manière qui lui soit propre, c'est-à-dire sans emprunter le mode d'action des forces physiques.« (Conciliation etc. 1.c. p. 33, 140.)

[77] Claude Bernhard, Rapport sur les progrès et la marche de la Physiologie générale en France. Paris 1867. p.223. 233 Note.

Principe‹ die in Frankreich stets, unter der einen oder anderen Gestalt und Benennung, wieder auftauchende Lebenskraft fürchten. Cournot's vitalistische Denkweise liegt völlig am Tage.

Dabei sei bemerkt, dass Hr. Boussinesq mich missversteht, wenn er mich in den ›Grenzen des Naturerkennens‹ sagen lässt, ein Organismus unterscheide sich von einer Krystallbildung, etwa von Eisblumen oder dem Dianabaum, nur durch grössere Verwickelung. Ich lege im Gegentheil Werth darauf, den Umstand genau bezeichnet zu haben, in welchem mir alle die sinnfälligen Unterschiede zu wurzeln scheinen, die jederzeit und überall die Menschheit trieben, in der lebenden und der todten Natur zwei verschiedene Reiche zu erkennen, obschon, unserer jetzigen Ueberzeugung nach, in beiden dieselben Kräfte walten. Dieser Umstand ist der, dass in den unorganischen Individuen, den Krystallen, die Materie sich in stabilem Gleichgewicht befindet, während in den organischen Individuen, den Lebewesen, mehr oder minder vollkommenes dynamisches Gleichgewicht der Materie herrscht, bald mit positiver, bald mit negativer Bilanz. Während der das Thier durchrauschende Strom von Materie der Umwandlung potentieller in kinetische Energie dient, erklärt er zugleich die Abhängigkeit des Lebens von usseren Bedingungen, den integrirenden oder Lebensreizen der älteren Physiologie, und die Vergänglichkeit des Organismus gegenüber der Ewigkeit des bedürfnisslos in sich ruhenden Krystalls.[78]

Unseres Bedünkens kann die Theorie des unbewussten Lebens ohne sich gabelnde oder unbestimmt werdende Integrale und ohne ›lenkendes Princip‹ auskommen. Andererseits ist zu bezweifeln, dass damit, oder mit der Auslösung, in dem Streit zwischen Willensfreiheit und Nothwendigkeit irgend etwas auszurichten sei. Hrn. Paul Janet's empfehlender Bericht an die *Académie des Sciences morales et politiques*,[79] dessen lichtvolle Schönheit ich höchlich bewundere, lässt auf die Verantwortung der drei Mathematiker hin die Möglichkeit eines mechanischen Indeterminismus gelten. Indem aber diese Lehre von der Behauptung, die auslösende Kraft könne unendlich klein sein, übergeht zu der, sie könne auch wirklich Null

---

78 Boussinesq, l.c.p. 38. - Vergl. oben S. 30.

79 Comptes rendus de l'Académie des Sciences morales et politiques. 1878. t.IX. p.696 et suiv. - Abgedruckt bei Boussinesq, l.c.p. 3 et suiv.

sein, scheint sie von einem in der Infinitesimal-Rechnung unter ganz anderen Bedingungen üblichen Verfahren unstatthaften Gebrauch zu machen. Erstere Behauptung will doch nur sagen, dass die auslösende Kraft im Vergleich zur ausgelösten Kraft verschwindend klein sein könne. So verschwindet die Kraft des Flügelschlages einer Krähe, welcher die Lawine zu Fall bringt, gegen die Kraft der schliesslich zu Thal stürzenden Schneemassen, d.h. wir können eine der ersteren gleiche Kraft bei Messung der letzteren vernachlässigen, weil sie bei keiner ziffermässigen Erwägung merklichen Einfluss übt, auch weit innerhalb der Grenzen der Beobachtungsfehler fällt. Aber wie winzig, vom Thal aus betrachtet, neben der rasenden Gewalt der Lawine der Flügelschlag hoch oben erscheint, in der Nähe bleibt er ein Flügelschlag, dem ein bestimmtes Gewicht auf bestimmte Höhe gehoben entspricht. Im Wesen der Auslösung liegt, dass auslösende und ausgelöste Kraft von einander unabhängig, durch kein Gesetz verknüpft sind; nach Jul. Rob. Mayer's treffendem Ausdruck ist die Auslösung überhaupt kein Gegenstand mehr für die Mathematik.[80] Daher es mindestens ungenau ist zu sagen, das Verhältniss der auslösenden zur ausgelösten Kraft strebe »der Grenze Null zu,«[81] ohne hinzuzufügen, dass dies nur auf einem im Sinne der auslösenden Kraft zufälligen Wachsen der ausgelösten Kraft beruhe, also in unserem Beispiel bei sich gleich bleibendem Flügelschlag auf immer grösserer Höhe, Steilheit, Glätte der Bergwand, immer mächtigerer Anhäufung von Schnee, u.d.m. So wenig kann die auslösende Kraft an sich wahrhaft Null sein, dass, soll nicht die Auslösung versagen, sie nicht einmal unter einen gewissen, von den Umständen abhängigen ›Schwellenwerth‹ sinken darf; und es ist also nicht daran zu denken, mit Hülfe der Auslösung zu erklären, wie eine geistige Substanz materielle Aenderungen bewirke.

---

[80] J. R. Mayer die Torricellische Leere und über Auslösung. Stuttgart 1876. S. II.

[81] De Saint-Venant, l.c.p. 422: »Nous avons dit que la production des plus immenses effets n'exigeait qu'un échange adéquat des deux espèces d'énergie,« – potentielle, et actuelle ou cinétique – » et que la proportion du travail determinant le commencement de cet échange tendait vers une limite zéro. Rien n'empêche donc de supposer que l'union toute mystérieuse du sujet à son organe ait été établie telle, qu'elle puisse, sans travail mécanique, y déterminer le commencement de pareils échanges.« Die cursiv gedruckten Worte habe ich hervorgehoben.

Was die von Hrn. *Boussinesq* vorgeschlagene Lösung betrifft, so ist der schwere Punkt im *Point d'arrêt* einfach in labilem Gleichgewicht liegen geblieben, und um die Folgen dieser Lagerung zu erwägen, war nicht nöthig, ihn erst durch Integration hinauf zu befördern. In der That unterscheidet sich der Fall nur durch abstracte Ausdrucksweise und mathematische Einkleidung von dem Dante's oder Buridan's, der sich auch so formuliren lässt, dass das hungernde Geschöpf sich

»Intra duo cibi, distanti e moventi
D'un modo ...,«

in labilem Gleichgewicht befinde. Kein ›lenkendes Princip‹ immaterieller Natur vermag den schweren Punkt auf der Spitze des Kegels um die kleinste Grösse zu verschieben; unter allen Umständen gehört dazu eine wenn auch noch so kleine mechanische Kraft. Könnte dies eine Kraft gleich Null, so verschwände zugleich unsere zweite transcendente Schwierigkeit, Entstehung der Bewegung bei gleichmässiger Vertheilung der Materie im unendlichen Raum: da es an einem Anstoss gleich Null ja nirgend fehlt.[82]

Hr. *Boussinesq* bringt auch die bekannte Frage zur Sprache, was die Folge der Umkehr aller Bewegungen in der Welt wäre. Denkt man sich den Weltmechanismus nur aus umkehrbaren Vorgängen bestehend, und in einem gegebenen Augenblick die Bewegungen aller grossen und kleinen Theile der Materie mit gleicher Geschwindigkeit in gleicher Richtung umgekehrt, wie die eines zurückgeworfenen Balles, so müsste die Geschichte der materiellen Welt sich rückwärts wieder abspielen. Alles, was je sich ereignet, trüge sich in umgekehrter Ordnung nach gemessener Frist wieder

---

[82] Hr. J. Delboef in Lüttich hat seitdem einen anderen Weg vorgeschlagen, mechanischen Determinismus und Willensfreiheit zu versöhnen. Er nimmt an, dass das frei handelnde Lebewesen den Antrieb zu der ihm mechanisch aufgedrängten Handlung zu hemmen vermag (Bulletins de l'Académie royale des Sciences etc. de Belgique, 3 me Serie, 1881. t.I. p.463 et suiv.; – 1882. t.III. p.145 et suiv.). Eine ähnliche Lösung findet sich schon bei Locke (Essay on Human Understanding, Works etc. vol.I. p.249, 252). Es lässt sich dagegen einwenden, dass die Möglichkeit, dem Antriebe nach Belieben nachzugeben oder ihn zu unterdrücken, Freiheit voraussetzt, daher die Lösung im Zirkel sich dreht.

zu, das Huhn würde wieder zum Ei, der Baum wüchse rückwärts zum Samen, und nach unendlicher Zeit hätte der Kosmos wieder zum Chaos sich aufgelöst.[83] Welche Empfindungen, Strebungen, Vorstellungen begleiteten nun wohl die verkehrten Bewegungen der Hirnmolekeln? Wären die geistigen Zustände nur an Stellungen von Atomen geknüpft, so würden mit denselben Stellungen dieselben Zustände wiederkehren, was zu wunderlichen Folgerungen, beispielsweise zu der führt, dass unmittelbar vor einem Willensacte jedesmal das Umgekehrte von dem Gewollten geschähe. Wir können uns aber die Erwägung der hier denkbaren Möglichkeiten sparen. Nicht nur, wie Hr. Boussinesq ausführt, wegen der sich gabelnden oder unbestimmt werdenden Integrale, sondern auch sonst ist die Annahme falsch, dass so die Kurbel der Weltmaschine auf ›Rückwärts‹ gestellt werden könnte. Unter Anderem würde die durch Reibung in Wärme umgewandelte Massenbewegung nicht wieder in denselben Betrag mit verändertem Vorzeichen gleichgerichteter Massenbewegung zurückverwandelt werden. Die verkehrte Welt bleibt ein unmögliches mechanisches Phantasiestück, aus welchem über Zustandekommen von Bewusstsein und über Willensfreiheit nichts sich folgern lässt.

Mit unserer siebenten Schwierigkeit also steht es so, dass sie keine ist, wofern man sich entschliesst, die Willensfreiheit zu leugnen und das subjective Freiheitsgefühl für Täuschung zu erklären, dass aber anderenfalls sie für transcendent gelten muss; und es ist dem Monismus nur ein schlechter Trost, dass er den Dualismus in das gleiche Netz in dem Maass hülfloser verstrickt sieht, wie dieser mehr Gewicht auf das Ethische legt. In diesem Sinne schrieb ich einst, in der Vorrede zu meinen ›Untersuchungen über thierische Elektricität‹, die Worte, auf welche sich jetzt Strauss gegen mich berief: »Die analytische Mechanik reicht bis zum Problem der persönlichen Freiheit, dessen Erledigung Sache der Abstractionsgabe jedes Einzelnen bleiben muss.« Es kam aber später, ich mache daraus kein

---

[83] Hr. Boussinesq führt (l.c. p.84 et suiv.) über diesen Gegenstand eine Schrift von dem Ingenieur en chef Philippe Breton an unter dem Titel: La Réversion ou le monde á l'envers, Paris 1876, welche ich mir nicht verschaffen konnte. Eine ähnliche Vorstellung wurde schon vor Jahren von Fechner drastisch ausgemalt unter dem Titel ›Verkehrte Welt‹ (Dr. Mises, kleine Schriften. Leipzig 1875. S.339).

Hehl, für mich der Tag von Damaskus. Wiederholtes Nachdenken zum Zweck meiner öffentlichen Vorlesungen ›Ueber einige Ergebnisse der neueren Naturforschung‹ führte mich zur Ueberzeugung, dass dem Problem der Willensfreiheit mindestens noch drei transcendente Probleme vorhergehen: ausser dem schon früher von mir erkannten des Wesens von Materie und Kraft, das der ersten Bewegung und das der ersten Empfindung in der Welt.

Dass die sieben Welträthsel hier wie in einem mathematischen Aufgabenbuch hergezählt und numerirt wurden, geschah wegen des wissenschaftlichen *Divide et impera*. Man kann sie auch zu einem einzigen Problem, dem Weltproblem, zusammenfassen.[84]

Der gewaltige Denker, dessen Gedächtniss wir heute feiern, glaubte dies Problem gelöst zu haben: er hatte sich die Welt zu seiner Befriedigung zurechtgelegt. Könnte Leibniz, auf seinen eigenen Schultern stehend, heut unsere Erwägungen theilen, er sagte sicher mit uns

› *Dubitemus*‹.

---

84 In der Anm. 16 zu seinem in der 53. Versammlung deutscher Naturforscher und Aerzte zu Eisenach am 18. September 1882 gehaltenen Vortrage: Die Naturanschauung von Darwin, Goethe und Lamarck (Jena 1882) sagt Hr. Haeckel: »Ausserdem nimmt unser monistisches Bekenntniss nur ein einziges ›Welträthsel‹ an, während Dubois-Reymond deren damals schon zwei annahm, neuerdings aber sogar sieben! Vermuthlich wird bei dieser rückläufigen Entwickelung die Zahl derselben beständig steigen.« Am Schluss der Grenzen des Naturerkennens (s. oben S. 50, 51) heisst es ausdrücklich: »Schliesslich entsteht die Frage, ob die beiden Grenzen unseres Naturerkennens nicht vielleicht die nämlichen seien ... Freilich ist diese Vorstellung die einfachste u.s.w.,« – und an der, der gegenwärtigen Anmerkung entsprechenden Stelle des Textes wird ebenso deutlich gesagt, dass die ›Sieben Welträthsel‹ im Grunde eines seien, das ›Weltproblem‹; nur der bequemeren Behandlung wegen empfehle sich's, sie getrennt aufzuführen und herzuzählen. Sich einzubilden, man habe Alles zuerst gedacht, gehört bekanntlich zum Baccalaureus. Doch ist wenig Aussicht, dass sich bei Hrn. Haeckel noch die von Mephisto gehoffte Wandlung vollziehe. Man sieht aber, wie erstaunlich leichtfertig, bis zur Entstellung der Wahrheit, Hr. Haeckel bei seiner Kritik zu Werke geht. (Aus den Anmerkungen zur Sonderausgabe der Rede: Goethe und kein Ende. Leipzig 1883. S.42, 43.)

tredition®

Über tredition

Eigenes Buch veröffentlichen

tredition wurde 2006 in Hamburg gegründet und hat seither mehrere tausend Buchtitel veröffentlicht. Autoren veröffentlichen in wenigen leichten Schritten gedruckte Bücher, e-Books und audio-Books. tredition hat das Ziel, die beste und fairste Veröffentlichungsmöglichkeit für Autoren zu bieten.

tredition wurde mit der Erkenntnis gegründet, dass nur etwa jedes 200. bei Verlagen eingereichte Manuskript veröffentlicht wird. Dabei hat jedes Buch seinen Markt, also seine Leser. tredition sorgt dafür, dass für jedes Buch die Leserschaft auch erreicht wird.

Im einzigartigen Literatur-Netzwerk von tredition bieten zahlreiche Literatur-Partner (das sind Lektoren, Übersetzer, Hörbuchsprecher und Illustratoren) ihre Dienstleistung an, um Manuskripte zu verbessern oder die Vielfalt zu erhöhen. Autoren vereinbaren direkt mit den Literatur-Partnern die Konditionen ihrer Zusammenarbeit und partizipieren gemeinsam am Erfolg des Buches.

Das gesamte Verlagsprogramm von tredition ist bei allen stationären Buchhandlungen und Online-Buchhändlern wie z. B. Amazon erhältlich. e-Books stehen bei den führenden Online-Portalen (z. B. iBookstore von Apple oder Kindle von Amazon) zum Verkauf.

Einfach leicht ein Buch veröffentlichen: **www.tredition.de**

Eigene Buchreihe oder eigenen Verlag gründen

Seit 2009 bietet tredition sein Verlagskonzept auch als sogenanntes "White-Label" an. Das bedeutet, dass andere Unternehmen, Institutionen und Personen risikofrei und unkompliziert selbst zum Herausgeber von Büchern und Buchreihen unter eigener Marke werden können. tredition übernimmt dabei das komplette Herstellungs- und Distributionsrisiko.

Zahlreiche Zeitschriften-, Zeitungs- und Buchverlage, Universitäten, Forschungseinrichtungen u.v.m. nutzen diese Dienstleistung von tredition, um unter eigener Marke ohne Risiko Bücher zu verlegen.

Alle Informationen im Internet: **www.tredition.de/fuer-verlage**

tredition wurde mit mehreren Innovationspreisen ausgezeichnet, u. a. mit dem Webfuture Award und dem Innovationspreis der Buch Digitale.

tredition ist Mitglied im Börsenverein des Deutschen Buchhandels.

Dieses Werk elektronisch lesen

Dieses Werk ist Teil der Gutenberg-DE Edition DVD. Diese enthält das komplette Archiv des Projekt Gutenberg-DE. Die DVD ist im Internet erhältlich auf **http://gutenbergshop.abc.de**